Bianca

Trish Morey
Boda en Venecia

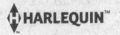

Editado por HARLEQUIN IBÉRICA, S.A.
Núñez de Balboa, 56
28001 Madrid

© 2013 Trish Morey. Todos los derechos reservados.
BODA EN VENECIA, N.º 2234 - 5.6.13
Título original: Bartering Her Innocence
Publicada originalmente por Mills & Boon®, Ltd., Londres.

I.S.B.N.: 978-84-687-2734-9
Depósito legal: M-10180-2013
Editor responsable: Luis Pugni
Fotomecánica: M.T. Color & Diseño, S.L. Las Rozas (Madrid)
Impresión en Black print CPI (Barcelona)
Fecha impresion para Argentina: 2.12.13
Distribuidor exclusivo para España: LOGISTA
Distribuidor para México: CODIPLYRSA
Distribuidores para Argentina: interior, BERTRAN, S.A.C. Vélez
Sársfield, 1950. Cap. Fed./ Buenos Aires y Gran Buenos Aires,
VACCARO SÁNCHEZ y Cía, S.A.

Capítulo 1

LA ÚLTIMA vez que Tina Henderson lo había visto, Luca Barbarigo estaba desnudo. Deliciosa, descarada, sobrecogedoramente desnudo. Un prodigio de virilidad y perfección masculina, salvo por la marca roja que cruzaba su rígida mandíbula.

En cuanto a lo sucedido después...

Lo último que deseaba era recordar los detalles de lo sucedido. Debía haberlo entendido mal. Su madre no podía referirse a ese hombre. La vida no podía ser tan cruel.

–¿Quién has dicho?

–¿Me estás escuchando, Valentina? Necesito que hables con Luca Barbarigo. Necesito que le hagas entrar en razón.

Imposible. Se había jurado, prometido, jamás volver a ver a ese hombre.

–¡Valentina, tienes que venir! Te necesito.

Tina se pellizcó el puente de la nariz mientras intentaba deshacerse de los conflictivos recuerdos, de las imágenes grabadas en su cerebro desde aquella increíble noche. De la visión de Luca levantándose de la cama, desnudo, mostrándole sus largas y musculosas piernas, la espalda que parecía esculpida en mármol. También intentó borrar de sus recuerdos los sentimientos encontrados, la angustia y desesperación que siguió después.

Se apretó la nariz con más fuerza e intentó ignorar el dolor y, en su lugar, transformar la angustia en ira. Estaba muy enfadada, y no solo por lo sucedido en el pasado. Era típico de su madre llamar después de un año, pero no para felicitarla por su cumpleaños sino para pedirle algo.

¿Cuándo había sido la última vez que Lily no necesitara algo, ya fuera atención, dinero o adulación de su interminable lista de maridos y amantes?

¿De verdad creía que iba a dejarlo todo para viajar a Venecia y hablar con un tipo como Luca Barbarigo?

Ni loca.

Además, era imposible. Venecia estaba en la otra punta del mundo y ella debía permanecer en la granja de Australia. Iba a tener que solucionarlo ella solita.

—Lo siento —empezó mientras le dedicaba una mirada tranquilizadora a su padre. Las llamadas de Lily siempre ponían a todos de los nervios—. Pero me es imposible...

—¡Tienes que hacer algo! —chilló su madre, tan fuerte que Tina tuvo que apartar el teléfono de la oreja—. ¡Me ha amenazado con echarme de casa! ¿Lo entiendes? ¡Tienes que venir!

A la última exclamación le siguió un torrente de palabras en francés, a pesar de que Lily D'Areincourt Beauchamp había nacido y crecido en Inglaterra. El cambio de idioma no sorprendió a su hija, pues la mujer solía emplear esa táctica cuando deseaba transmitir más dramatismo. El melodrama siempre había acompañado a Lily.

Tina puso los ojos en blanco mientras la perorata en francés continuaba. Ni siquiera se molestó en prestarle atención. Estaba agotada. Había sido un largo día ayudando a su padre a preparar a las ovejas para el esquilado y aún le quedaban un montón de platos por fregar antes de ocuparse de las facturas que debía pagar antes de la entrevista con el gerente del banco al día siguiente. Empezaba a dolerle la cabeza.

Sin embargo, en esos momentos, el gerente del banco era el menor de sus problemas.

El padre de Tina dejó a un lado el periódico que había fingido estar leyendo y le dedicó una comprensiva sonrisa a su hija antes de desaparecer en la enorme cocina. Había roto los lazos con Lily hacía casi veinticinco años. El matrimonio no había durado mucho, pero, conociendo a su madre, el hombre se había ganado el cielo.

De la cocina surgían ruidos indicativos de que estaba poniendo agua a cocer, y del teléfono seguía surgiendo la letanía de su madre.

–Muy bien, Lily –consiguió decir Tina durante una pausa que hizo esta para respirar–. ¿Qué te hace pensar que Luca Barbarigo intenta echarte del *palazzo*? Es el sobrino de Eduardo. Y, por favor, háblame en inglés, sabes que mi francés está oxidado.

–Te dije que deberías pasar más tiempo en el continente –le recriminó su madre, cambiando de melodrama con la misma facilidad con que cambiaba de idioma–, en lugar de enterrarte en el Outback de Australia.

–Junee no es exactamente el Outback –protestó Tina defendiendo la ciudad de Nueva Gales del Sur, a apenas dos horas de Canberra. No se había enterrado en aquel lugar, había optado por una retirada de un mundo del que no deseaba formar parte–. Es un lugar de lo más civilizado. Incluso se dice que van a construir una nueva bolera.

El anuncio fue recibido con un profundo silencio y Tina se imaginó los labios fruncidos y la expresión perpleja de Lily.

–Además, aún no me has explicado cuál es el problema. ¿Por qué amenaza Luca con echarte? ¿Qué poder tiene sobre ti? Eduardo te dejó a ti el *palazzo*, ¿no?

–Bueno –contestó al fin la otra mujer en un tono más conciliador, tras un prolongado silencio, inusual en ella–. Puede que le haya tomado prestado algo de dinero.

–¿Qué?

Tina cerró los ojos con fuerza. Luca Barbarigo tenía una bien merecida fama de usurero. Con sus prácticas prestamistas se había labrado una gran fortuna. De todas las personas a las que su madre podría pedirle dinero, ¡había tenido que ser a él!

–¿Por qué? –preguntó desesperada.

–No tuve elección –protestó la otra mujer–. Necesitaba el dinero y supuse que al ser un miembro de la familia se ocuparía de mí. Me prometió que se ocuparía de mí.

Y desde luego que se había ocupado de ella. Para su propio beneficio.

–¿Y para qué necesitabas el dinero?

–Pues para vivir. Sabes que Eduardo solo me dejó una pequeña parte de su fortuna.

«Y jamás le perdonaste por ello».

–De modo que le pediste prestado dinero a Luca y ahora quiere que se lo devuelvas.

–Dijo que si no le podía pagar, se quedaría con el *palazzo*.

–¿Y de cuánto dinero hablamos? –preguntó Tina. A pesar de no estar junto al Gran Canal, el viejo *palazzo* seguía valiendo millones–. ¿Cuánto le debes?

–Por Dios santo, ¿por quién me has tomado? ¿Acaso te hace falta preguntarlo?

–Muy bien –Tina se frotó la frente–. Entonces, ¿cómo es posible que te eche?

–¡Por eso necesito que vengas! Tú le harás comprender lo poco razonable que está siendo.

–Para eso no me necesitas. Seguro que conoces a un montón de gente en Venecia que podrá hacer eso por ti.

–¡Pero él es tu mejor amigo!

Tina sintió que se le helaba la sangre. No podía considerarlo su amigo. Había visto a Luca en tres ocasiones nada más. La primera, durante la boda de su madre, en Venecia. Allí había sentido la atracción que desprendían sus encantadoras palabras mientras le tomaba la mano. En una décima de segundo había decidido que era la clase de hombre por la que se moriría su madre y lo había rechazado cuando él le había propuesto pasar la noche juntos. Lily sería su madre, pero ella no era de ninguna manera hija de su madre.

La segunda vez había sido durante la celebración del septuagésimo cumpleaños de Eduardo y en esa ocasión no habían hecho más que intercambiar cumplidos. Desde luego había sentido la mirada ardiente de Luca sobre su piel, pero había guardado las distancias y ella se había alegrado de ello. Era evidente que había recibido el mensaje.

La tercera ocasión había sido en Klosters adonde había acudido para celebrar el cumpleaños de una amiga. Se había pasado con el champán y bajado la guardia, y Luca había aparecido de repente entre la multitud y le había engatusado con sus encantos. Era divertido y cálido y cuando la había llevado a un rincón apartado para besarla, todos sus instintos de conservación habían saltado por la ventana.

Solo habían pasado juntos una noche. Una noche que había terminado desastrosamente, causándole una angustia que no iba a poder borrar jamás de su mente.

–¿Quién te ha dicho que somos amigos?

–Él, por supuesto. Me preguntó por ti.

–Pues mintió –¡menudo bastardo!–. Nunca hemos sido amigos.

–Bueno –contestó su madre–, quizás, dadas las circunstancias sea lo mejor. Así no arriesgarás nada intercediendo por mí.

–Escucha, Lily –Tina se sujetó la frente con una mano–, no sé de qué serviría mi presencia allí. Además, no puedo marcharme. Estamos a punto de empezar a esquilar y papá me necesita aquí. Quizás deberías contratar a un abogado.

–¿Y cómo voy a pagar a un abogado?

–No tengo ni idea –y en esos momentos no podría importarle menos–. A lo mejor podrías vender alguna lámpara de cristal –su madre poseía tantas como para llenar una docena de *palazzos*.

–¿Vender mi cristal de Murano? ¡Debes haberte vuelto loca! Cada pieza es única.

–Muy bien, Lily –suspiró su hija–, no era más que una sugerencia. Pero dadas las circunstancias, no veo qué otra cosa podría aconsejarte. Yo no te serviría de ayuda y realmente hago falta aquí. Los esquiladores llegarán mañana y vamos a estar a tope.

–Pero, Valentina, ¡tienes que venir!

Tina colgó el teléfono y apoyó la cabeza contra el auricular mientras el punzante dolor que sentía detrás de los ojos se convertía en un sordo y persistente martilleo. ¿Por qué? ¿Por qué él? Su madre seguramente exageraba sobre su situación económica, solía hacer una montaña de cualquier problema, pero ¿y si en esa ocasión tenía razón? ¿Y si estaba en serios apuros económicos? ¿Qué podría hacer ella? No era probable que Luca la escuchara.

¿Viejos amigos? ¿A qué estaba jugando?

—Deduzco que tu madre no ha llamado para felicitarte por tu cumpleaños —su padre habló desde la puerta de la cocina con una taza de humeante café en cada mano.

—¿Esa es la impresión que has recibido? —ella sonrió a pesar de su estado de ánimo.

—¿Te apetece un café? Aunque quizás preferirías algo más fuerte.

—Gracias, papá —Tina aceptó la taza de café—. Ahora mismo mataría por un café.

—¿Y qué hay de nuevo en el Circo Lily? —preguntó él tras probar un sorbo—. ¿Se ha derrumbado el cielo? ¿El agua de los canales se ha secado?

—Más o menos —ella hizo una mueca—. Al parecer alguien intenta echarla del *palazzo*. Por lo visto le pidió un préstamo al sobrino de Eduardo y, curiosamente, ese tipo quiere que se lo devuelva. Lily piensa que yo podría razonar con él.

—¿Y no puedes?

Tina se encogió de hombros deseando que, con ese gesto, pudiera también sacudirse de encima los recuerdos de un hombre cuyo aspecto desnudo no tenía rival, un hombre frío y despiadado como había resultado ser después. Ojalá pudiera olvidar lo sucedido después...

—Digamos que lo conocí —«y por favor, no me preguntes cómo ni cuándo»—. Le aconsejé que contratara a un abogado.

Su padre asintió y Tina dio por hecho que la conversación había terminado. Aún le quedaban los platos por fregar y las facturas por pagar. A medio camino hacia la cocina, la pregunta de su padre la detuvo en seco.

—¿Y bien? ¿Cuándo te marchas?

—No me voy —contestó ella, parándose en seco. «No

quiero. No puedo». A pesar de haberle prometido a su madre que se lo pensaría y que volvería a llamarla, no tenía la intención de ir. Se había jurado a sí misma que jamás volvería a ver a ese hombre y no podía permitirse el lujo de romper esa promesa. Solo de pensar en lo que le había costado la última vez...–. No puedo dejarte solo, papá. No cuando vamos a empezar a esquilar las ovejas.

–Podré apañármelas.

–¿Cómo? Los esquiladores empezarán a llegar mañana. ¿Quién va a cocinar para una docena de hombres? Tú no.

–Buscaré a alguien en la ciudad que sí pueda –el hombre se encogió de hombros–. He oído que Deidre Turner hace unos asados de muerte. Y también hace unos postres deliciosos –la sonrisa se desvaneció y miró a su hija muy serio–. Ya soy un chico grande, Tina.

En circunstancias normales, Tina habría saltado ante la mención de otra mujer por parte de su padre. Llevaba años intentando convencerle para que volviera a casarse, pero en esos momentos tenía otras cosas más importantes en la cabeza.

–No deberías tener que arreglártelas tú solo. No podemos malgastar el dinero en aviones y en pagar a cocineros cuando ya estamos pidiendo préstamos al banco. Ya sabes cómo es Lily. Acuérdate del drama que organizó cuando cumplió los cincuenta. Cualquiera pensaría que su vida estaba acabada y estoy segura de que esta situación es idéntica.

Su padre asintió comprensivo. Era normal que lo comprendiera. Él, mejor que nadie, conocía los numeritos que esa mujer era capaz de orquestar.

Tina se sintió animada y casi aliviada, convencida de que su padre estaría de acuerdo con ella. Pero eso fue antes de que abriera la boca.

–Tina, ¿cuánto tiempo hace que no ves a tu madre? ¿Dos años? ¿Tres? Te ha pedido ayuda y quizás deberías ir.

–Papá, acabo de explicarte...

–No, lo que has hecho es darme una excusa.

Tina se puso rígida y alzó la barbilla. Quizás si su padre conociera la verdadera razón lo comprendería y no le insistiría en que fuera. Pero, ¿cómo iba a contarle el secreto que había guardado tanto tiempo? El vergonzoso secreto. ¿Cómo iba a admitir haber sido una estúpida irresponsable? Lo mataría. Y a ella la mataría el contárselo.

–¿Por qué has decidido enviarme a la otra punta del mundo para ayudar a Lily? –decidió pasar al ataque–. No es que ella te haya hecho muchos favores precisamente.

–¿Quién ha dicho que me gusta la idea? –su padre le rodeó los hombros con un brazo y la atrajo hacia sí–. Pero sigue siendo tu madre, cariño, e independientemente de lo que pasara entre nosotros, no puedes dejarla tirada sin más. Además, ¿qué es eso de una nueva bolera? No he oído nada.

Tina arrugó la nariz y tomó el paño de cocina que su padre tenía en una mano. Sabía que él también tenía muchas cosas que hacer antes de poder irse a la cama y, además, si la conversación se prolongaba, si le hacía más preguntas sobre su madre y el hombre al que debía dinero, no podría contestarle con la verdad.

–¿Sabes qué? –ella rio–. Yo tampoco tenía ni idea.

Su padre soltó su típica carcajada que significaba que sabía muy bien lo que había pretendido hacer su hija.

–No voy a ir, papá.

–Sí vas a ir. Mañana cuando vayamos a la ciudad

nos informaremos sobre los vuelos –la abrazó nuevamente y le besó la rubia cabellera–. Buenas noches, mi amor.

Tina reflexionó sobre las palabras de su padre y empezó a sentirse culpable por el tiempo que hacía que no había visto a su madre. Quizás él tuviera razón.

No podía dejar tirada a su madre.

No tenía por qué huir de Luca Barbarigo.

Y eso era lo que había hecho. Huir. Había huido hasta la otra punta del mundo para olvidar el mayor error de su vida. Para escapar.

Pero había algunos errores de los que no se podía escapar. Errores que te perseguían y te atrapaban cuando menos te lo esperabas. Errores que seguían haciéndote daño mucho tiempo después. Esos eran los peores.

Mientras contemplaba el sumidero por el que escapaba el agua, unas gruesas lágrimas se mezclaron con el jabón de fregar los platos. Secándose las mejillas, se negó a sentir lástima de ella misma.

No había motivo para tener miedo de volver a ver a Luca. No había sido más que un revolcón de una noche. Un revolcón que había terminado de la peor de las maneras. Y si Luca Barbarigo estaba amenazando a su madre, quizás Lily tuviera razón y ella era la mejor persona para plantarle cara. A fin de cuentas, su amistad no estaba en juego. Y tampoco iba a caer presa de sus encantos.

No por segunda vez.

¡No era tan imbécil!

Capítulo 2

IBA a ir.

Tal y como había asegurado su madre que haría.

Luca contemplaba el Gran Canal desde el balcón, sus sentidos hirviendo de anticipación.

Valentina iba a acudir al rescate de su madre con la esperanza de liberarla de las garras del malvado banquero.

Tal y como había pretendido que hiciera.

Una sonrisa tensó sus labios.

Había sido un golpe de suerte que la madre fuera una despilfarradora y necesitara desesperadamente dinero en metálico. Tan desesperadamente que ni siquiera se había molestado en leer la letra pequeña del préstamo. Qué inocente había sido al dar por hecho que el haberse casado con su tío le concedía algún privilegio.

El nudo con el que la asfixiaba estaba tan apretado que la legendaria belleza estaba a punto de perder su precioso *palazzo*.

Un taxi acuático pasó bajo sus pies. La pulcra camisa blanca del conductor destacaba en la oscura noche. Luca observó la estela que el vehículo dejaba en la superficie y sintió el golpeteo del agua, parejo al latido de su corazón. La hija se acercaba.

Levantó la vista hacia el cielo y contó las horas que faltaban, imaginándosela en el avión, sabiendo que no podría dormir consciente de que él la estaría esperando en Venecia.

Luca sonrió deleitándose ante una deliciosa perspectiva.

Deliciosa.

No era ningún jugador. La suerte era para los imbéciles. Él se movía en el terreno de las certezas y los detalles y no dejaba nada al azar. Su idea de la suerte era cuando se juntaban una excelente preparación y una sublime oportunidad.

El campo había sido sembrado con ambas y había llegado el momento de la cosecha.

El *palazzo* había pertenecido a su tío antes de que esa mujer lo hubiera atrapado y se hubiera aferrado a él con sus aceradas garras. Pero había llegado la hora de que regresara a la familia. Sin embargo, en esos momentos no era lo que más placer le provocaba. Lily Beauchamp poseía algo mucho más valioso para él.

Su preciosa hija.

Esa mujer lo había abandonado. Le había marcado el rostro con su mano, como si perteneciera a una categoría moral superior a la suya. En aquella ocasión le había permitido marcharse. El sexo había estado bien, pero ninguna mujer, por buena que fuera en la cama, merecía la ansiedad que generaba tener que perseguirla.

Así pues la había borrado de su mente.

Pero cuando su madre le había pedido ayuda económica, recordó la noche de sexo que había terminado demasiado pronto. Y se había mostrado encantado de ayudar. Era lo menos que podía hacer por la viuda de su tío, le había dicho, consciente de que podría volver las tornas a su favor.

El destino le daba la oportunidad de enmendar dos errores. De tomarse la revancha.

Y no solo con la derrochadora madre.

También con la mujer que se creía diferente. Que se creía mejor.

Le iba a enseñar que era igual que su madre. Le demostraría que a él no le abandonaba nadie.

Y después la abandonaría, públicamente y sin ningún miramiento.

Capítulo 3

LLEGAR a Venecia, reflexionó Tina, era como abandonar el mundo real para adentrarse en un mundo de fantasía. La bulliciosa *Piazzale Roma*, donde esperaba a que bajaran sus maletas del autobús del aeropuerto, representaba la última parada de un mundo que estaba a punto de dejar atrás. Un mundo en el que los edificios se construían sobre la tierra y los vehículos se movían sobre ruedas. Los puentes que partían de la *Piazzale* conducían a un universo que se sostenía en precario equilibrio sobre las oscuras aguas de la laguna.

Era hermoso, cierto, pero a la vez la contemplación de los canales resultaba inquietante, llena de misterios, secretos y oscuras intenciones.

Sintiéndose repentinamente vulnerable se estremeció. ¿Por qué había pensado eso?

«Porque él está ahí», se respondió ella misma mientras escrutaba los edificios que bordeaban el sinuoso canal. Luca estaba en algún lugar de esa vieja ciudad.

Esperándola.

Era una sensación que también había experimentado en el avión al despertar de un agitado sueño repleto de imágenes de él. Sintiéndose como si la estuviera mirando.

Apartó el flequillo de los ojos y respiró una bocanada de aire cargada de olor a gasolina. ¡Qué cansada estaba! Con un gruñido, se echó la mochila al hombro.

«Olvida los malos sueños», se ordenó. «Olvida los

cuentos de hadas. Concéntrate en regresar cuanto antes al avión que te llevará de vuelta a casa». Ese sería su final feliz.

Compró un billete en la estación de *vaporettos*. Con un pase para tres días tendría más que suficiente. Había acordado con su padre que regresaría a la granja en cuanto la crisis estuviera superada. No tenía la menor intención de quedarse ni un minuto más.

Con un poco de suerte, solucionaría el problema de su madre y volaría de regreso a Australia, antes de que Luca Barbarigo supiera siquiera que se encontraba allí.

Soltó un bufido. Cuanto menos contacto tuviera con ese hombre, mejor. Por mucho que sus nervios se hubieran puesto de acuerdo para atormentarla en sueños, Luca Barbarigo seguramente se sentiría igual. No habría olvidado la marca que había dejado su mano sobre el rostro. No se habían despedido muy amistosamente.

Los turistas se apresuraron a situarse en los mejores sitios del autobús para poder fotografiar los canales mientras ella se dejaba empujar sin ninguna emoción ante la impresionante vista, feliz de ser engullida por la masa, oculta de las miradas ajenas. Menuda locura sentirse así. Sin embargo, había momentos en que la lógica no protagonizaba sus emociones.

Como aquella noche que había pasado con Luca.

Era evidente que la lógica no había estado presente en aquella decisión.

Y de nuevo parecía haber sido abandonada por esa lógica. En casa se había sentido fuerte, poderosa, al decidir que sería capaz de enfrentarse de nuevo a él.

Pero allí, en Venecia, donde casi todos los hombres tenían los cabellos y los ojos oscuros, recordándole a él, lo único que quería era desaparecer.

Por Dios que necesitaba dormir. Eso era todo. Las

escalas de Kuala Lumpur y Amsterdam habían convertido un trayecto de veintidós horas en uno de casi treinta y seis. Se sentiría mucho mejor después de una ducha y algo de comer. En pocas horas iba a poder rendirse al sueño y a la mañana siguiente, con suerte, sería una persona casi normal.

El *vaporetto* se detuvo en una parada, ladeándose para facilitar el descenso de los pasajeros por la rampa antes de que subiera otro grupo al autobús acuático.

Solo serían tres días. Soportaría volver a ver a Luca porque pronto regresaría a su casa.

Tres días.

El *vaporetto* hizo un giro a la izquierda para adentrarse en el *Canale di Cannaregio* y ella se volvió hacia la casa de su madre, encajonada entre dos mansiones bien conservadas.

A medida que pasaban ante el centenario *palazzo*, el ceño fruncido se acentuó en el rostro de la joven. El aspecto del edificio era peor de lo que recordaba. La fachada estaba desgastada y la pintura se caía a trozos, exponiendo los viejos ladrillos amarillentos a causa del agua. La puerta oxidada estaba medio descolgada. Incluso las jardineras que otrora resplandecieran de flores estaban vacías y abandonadas.

Tina se preguntó qué habría hecho Lily con el dinero que había pedido prestado. Había dicho que lo necesitaba para vivir, pero era evidente que no había invertido nada en devolverle al edificio siquiera una parte de su gloria pasada. Tras desembarcar en la siguiente parada, se encaminó por las angostas calles que se alejaban del canal. Además de tener una entrada para barcos, como casi todos los edificios que daban al agua, el *palazzo* tenía una entrada peatonal a través de un patio trasero.

Por un instante dudó de que hubiera acertado con la

puerta de hierro, pues la hiedra se había apoderado de todo y se le enganchó en los cabellos mientras intentaba entrar.

Una mirada más de cerca le reveló un jardín que antaño había sido hermoso con un césped cuidado y árboles bien podados. Ante sus ojos surgió descuidado, un espacio donde las hierbas salvajes salían directamente del antiguo pozo del siglo XV. Únicamente dos manchas de flores sobre los leones de la entrada daban la sensación de que alguien se estuviera ocupando de algo.

«Oh, Lily», pensó apenada. ¿Qué había sucedido para llegar a ese punto de deterioro?

La oxidada puerta carecía de cerrojo y se preguntó cómo podría vivir su madre sola, o casi sola, en aquella enorme casa. El chirriante ruido al empujarla fue y muy fuerte, un sonido que, sin duda, ahuyentaría a cualquier malhechor.

Sin embargo, eso no bastó para que su madre saliera corriendo a recibirla. Quien sí lo hizo fue Carmela, la gobernanta. Solo la había visto unas pocas veces, pero la saludó con una sonrisa tan amplia que podría haber sido su propia hija regresando a casa.

–¡Valentina, *bella*! Has venido –la mujer tomó el rostro de la joven entre las manos y le besó ambas mejillas–. Por favor –insistió mientras la liberaba de la mochila–. Yo la llevaré. Me alegra tenerte en casa –de repente su rostro se volvió serio–. Tu madre te necesita.

La sonrisa reapareció en el rostro mientras la guiaba hacia la casa, parloteando incesantemente en una mezcla de inglés e italiano con el que lograba hacerse entender a la perfección. Tina al fin consiguió sonreír. Su madre consideraba la presencia de su hija un derecho divino, Luca un mal necesario, pero al menos había alguien que se alegraba sinceramente de verla.

Siguió a Carmela al interior, oscuro y fresco, de la casa. Entornando los ojos, le sorprendieron los destellos de luz que parecían surgir de diferentes objetos.

El cristal de Murano, recordó. Únicamente eso parecía permanecer como en su última visita a aquel lugar.

Tres enormes lámparas colgaban suspendidas del techo del pasillo que recorría el edificio a lo largo. Unos espejos enmarcados con mosaicos hacían que parecieran muchos más. Tina pestañeó, procurando mantenerse en el centro del pasillo donde no había riesgo de tropezar con ninguna de las mesas dispuestas con numerosas obras de arte, e intentando recordar el aspecto de ese pasillo la última vez que había estado allí. Desde luego había estado más despejado.

Carmela le hizo pasar por una puerta lateral que conducía a la cocina. Allí olía divinamente a una mezcla de café y pan recién hecho, y algo más.

–Pensé que podrías tener hambre, *bella* –la mujer soltó la mochila de Tina y tomó una humeante sartén de arroz que depositó sobre la encimera.

El estómago de Tina rugió a modo de respuesta incluso antes de que Carmela le sirviera dos gruesas rebanadas de pan y una ensalada sacada de la nevera.

–Tiene un aspecto maravilloso –sonrió ella, sentándose a la mesa–. ¿Dónde está Lily?

–Tenía que hacer algunas llamadas –contestó Carmela con tono de desaprobación mientras servía una generosa porción de risotto de champiñones sobre el que ralló un trozo de parmesano–. Al parecer no podían esperar.

–No pasa nada –a Tina no le sorprendió lo más mínimo que su madre no tuviera ninguna prisa en recibirla después de haber reclamado su inmediata comparecencia. Nunca había sido la clase de madre que acudiría al aeropuerto para recibir a su hija–. Se está muy a gusto en esta cocina. Además, me moría de hambre.

–Pues entonces disfruta de la comida –sonrió satisfecha la cocinera–. Hay mucho más.

El risotto estaba buenísimo, cremoso y suave y Tina se tomó su tiempo para saborearlo.

–¿Qué le ha pasado al jardín, Carmela? –preguntó mientras reposaba la comida con un café–. Parece todo tan triste.

La gobernanta asintió y, sentándose en otro taburete se sirvió su propia taza de café.

–La *signora* ya no pudo pagar los sueldos de los empleados. Tuvo que despedir al jardinero y luego a su secretario.

–Pero a ti sí te paga, ¿no? –Tina apenas podía creérselo.

–Lo hace, cuando puede. Me ha prometido ponerse al día en algún momento.

–¡Oh, Carmela! Eso no está bien. ¿Por qué te quedas? Podrías encontrar un buen trabajo en alguna casa de Venecia.

–¿Y abandonar a tu madre? –la otra mujer apuró la taza de café y le dio a Tina una palmadita en la mano antes de recoger los platos de la mesa–. No necesito gran cosa. Tengo un techo y lo suficiente para vivir. Y algún día, quién sabe, puede que cambie la suerte de tu madre.

–¿Cómo? ¿Tú crees que va a volver a casarse?

Demasiado leal para hacer ningún comentario, Carmela se limitó a sonreír. Quienes conocían a Lily sabían que, después del primer matrimonio, cada uno de los que le habían seguido había obedecido a un calculado ejercicio de enriquecimiento, aunque con Eduardo le hubieran fallado los planes.

–Me refería a que su suerte podría cambiar ahora que tú estás aquí.

Tina estaba a punto de contestar que dudaba que pudiera hacer algo cuando oyó pasos que se aproximaban y la voz de su madre.

–Carmela, me ha parecido oír voces –la mujer apareció en la puerta–. Ah, Valentina, ya veo que has llegado. Estaba hablando con tu padre. De haberlo sabido, le habría dicho que estabas aquí.

Tina se bajó del taburete y sintió cómo le abandonaba el calor de la cocina a medida que se acercaba a su progenitora.

–Hola, Lily –saludó sintiéndose, como siempre, insignificante en su presencia–. ¿Papá llamó para hablar conmigo?

–No exactamente –contestó su madre evasivamente–. Teníamos que discutir algunas... cosas. Nada serio –la besó en las mejillas sin apenas rozarla, pero dejando una estela de la mezcla exclusiva de perfume Chanel, regalo de uno de sus maridos.

Para Lily, cuanto más exclusiva fuera la marca, mejor. El ajustado vestido de seda y los zapatos de tacón no desmerecían en nada al perfume. Su madre no había cambiado. El jardín estaba descuidado, pero su aspecto no.

–Pareces cansada –observó Lily, evitando la mirada de su hija, aunque tomando buena nota de la indumentaria que llevaba–. Quizás te apetezca refrescarte un poco y ponerte algo más bonito antes de salir.

–¿Salir? –Tina frunció el ceño. Lo que a ella le apetecía era ducharse y dormir doce horas seguidas. Claro que si su madre tenía cita en el banco, por ejemplo, quizás deberían empezar a atacar el problema–. ¿Qué tenías pensado?

–Podríamos ir de compras. Han abierto unas encantadoras boutiques y pensé que podría ser divertido llevar a mi hija de compras.

–¿De compras? –Tina miró a su madre perpleja–. ¿Quieres ir de compras?

–¿Hay algún problema?

–¿Con qué tenías pensado pagar? ¿Con aire?

–No seas así, Valentina –su madre soltó una carcajada–. ¿No podemos celebrar tu regreso a Venecia con un par de conjuntos de moda?

–Te lo digo en serio, Lily. Me pediste que viniera... no, borra lo que he dicho, me exigiste que viniera. Y he venido porque dijiste que estaban a punto de echarte de tu casa. Y según llego esperas que vayamos de compras. No te entiendo.

–Valentina...

–¡No! Dejé a papá hasta el cuello de problemas para venir a solucionar los tuyos, tal y como me pediste.

Lily miró a Carmela en busca de apoyo, pero la gobernanta había descubierto una mancha particularmente rebelde sobre la encimera y se afanaba en frotarla.

–Bueno, en ese caso...

–En ese caso, podríamos ponernos manos a la obra –ante la expresión perpleja de su madre, comprendió que el cansancio y el jet lag le hacían menos tolerante de lo normal ante sus excesos–. Escucha, Lily, a lo mejor después de arreglarlo todo podremos ir de compras. Te diré una cosa, ¿por qué no preparas todos los papeles y les echo un vistazo en cuanto me haya dado una ducha y cambiado? A lo mejor no es tan malo como tú te crees.

Una hora más tarde, Tina enterraba el rostro entre las manos deseando estar de regreso en la granja familiar trabajando dieciséis horas diarias. En realidad deseó estar en cualquier lugar salvo donde estaba, enfrentándose a la pesadilla de las cuentas de su madre.

Por un momento consideró volver a repasarlo todo, solo una vez más, solo para comprobar que no estaba equivocada, que no había calculado mal, sobreestimado el alcance de las deudas. Sin embargo, ya lo había hecho dos veces. Había repasado cada extracto bancario y el contrato del préstamo. Y todo con un diccionario a su lado para intentar descifrar los términos legales que aparecían en un idioma que no era el suyo.

Pero no se había equivocado.

Se frotó la nariz y suspiró. Desde el principio, nada más ver la ingente cantidad de papeles que su madre guardaba en un arcón, las señales habían sido nefastas, pero había mantenido viva la esperanza mientras intentaba organizar aquel caos. Quizás entre todo ese lío encontraría la clave para resucitar a su madre de la ruina financiera.

No era contable, cierto, pero al ocuparse de las cuentas de la granja había tenido que aprenderlo todo sobre los libros de cuentas y, a medida que encajaba las piezas del puzle, estaba claro que no había ninguna clave. Ni habría rescate.

Los gastos de su madre ascendían a diez veces los ingresos que generaba la pequeña propiedad que le había legado Eduardo, y Luca Barbarigo, al parecer, se había mostrado encantado de suministrar la diferencia.

¿En qué se estaba gastando Lily el dinero si ya no tenía que pagar sueldos? Había encontrado un puñado de facturas de la tienda de alimentación local, otro puñado de unas cuantas boutiques en las que no había escatimado en gastos para renovar su vestuario, pero que ni de lejos ascendía a la cantidad que le había puesto en tan graves apuros.

A no ser...

Echó una ojeada a su alrededor, un espacio tan repleto de objetos de decoración que parecían absorber todo el oxígeno disponible. Junto al escritorio había una lámpara, pero no una lámpara cualquiera. Se trataba de un árbol de tronco retorcido del que salían varias ramas de las que florecían una docena de flores rosas. La copa estaba coronada por una docena de ramas bordeadas de hojas verdes y que terminaban en más flores rosas, aunque en ese caso se trataba de bombillas. Todo estaba hecho de cristal.

Era horrenda.

Y no era más que una de las muchas lámparas dispersas por toda la estancia.

¿Serían nuevas?

Había reconocido la araña por su fantástico diseño de flores azules, rosas y amarillas sobre una cascada de hiedra de cristal. Imposible olvidar una cosa así, y estaba segura de que tampoco habría olvidado esas lámparas de haber estado allí durante su última visita.

Del mismo modo, toda superficie plana estaba cubierta de peceras de cristal. Incluso había una en la esquina del escritorio. Al principio había pensado que se trataba de una pecera de verdad, con sus pececitos de colores, burbujas, coral, plantitas... hasta que después de diez minutos comprendió que los peces no se habían movido. Nada se había movido porque estaba hecho de cristal.

¿Sería posible que su madre se hubiera arruinado comprando piezas de cristal?

–¿Estás cansada, Valentina? –preguntó Lily asomándose por la puerta–. ¿Quieres que le pida a Carmela que te traiga más café?

Tina sacudió la cabeza y se reclinó en la silla. No había café suficiente en el mundo para arreglar aquel lío.

Porque no era cansancio lo que sentía en esos momentos. Era, lisa y llanamente, desesperación.

Y la horrible sensación de creer saber adónde se había ido todo el dinero.

–¿Qué son todos estos extractos bancarios, Lily? Los que parecen tener una periodicidad mensual. No encuentro las facturas para cotejarlos.

–Son gastos domésticos –su madre se encogió de hombros–. Cosas. Ya sabes.

–No, no lo sé. Necesito que me lo expliques. ¿Qué clase de gastos domésticos?

–¡Son cosas para la casa! ¿No tengo derecho a comprar cosas para la casa?

–¡No si esas cosas te están arruinando! ¿Adónde se está yendo el dinero, Lily? ¿Por qué no encuentro ningún registro?

–Eh... –su madre intentó reír y agitó las manos como si las preguntas de Tina fueran irrelevantes–. Yo no me ocupo de eso, lo hace Luca. Su primo es el dueño de la fábrica.

–¿Qué fábrica? ¿La fábrica de cristal, Lily? ¿Es ahí donde va todo el dinero en cuanto Luca Barbarigo te lo presta? ¿Te lo estás gastando todo en cristal?

–¡No es eso!

–¿En serio?

–¡No! Me hace un descuento del veinte por ciento. Me estoy ahorrando una fortuna.

–De manera que cada vez que recibes un préstamo de Luca, te vas de compras a la fábrica de su primo –Tina contempló incrédula a su madre.

–Envía un taxi acuático a buscarme –su madre se encogió de hombros–. No me cuesta un céntimo.

–No, Lily –contestó ella mientras se levantaba de la silla. No tenía ningún sentido buscar más respuestas porque no había ninguna–. ¡Te cuesta todo lo que tienes! No me puedo creer que seas tan egoísta. Carmela sigue trabajando por una limosna que no le pagas siempre. Y aun así estás llenando este decrépito *palazzo* con toneladas de inútil cristal. Es increíble que no se haya derrumbado todo el edificio bajo el peso.

–¡Carmela tiene alojamiento gratis!

–Mientras tú te endeudas cada vez más. ¿Qué crees que le sucederá cuando Luca Barbarigo os eche a las dos a la calle? ¿Quién cuidará de ella entonces?

Su madre pestañeó y frunció los labios. Por un instante, Tina tuvo la sensación de que parecía vulnerable.

–Tú no permitirías que sucediera algo así, ¿verdad? –preguntó con un hilo de voz–. ¿Hablarás con él?

–Lo haré, sí, aunque no sé de qué servirá. Te tiene tan enganchada que, ¿para qué va a aflojar el nudo?

–Porque es el sobrino de Eduardo.

–¿Y?

–Y Eduardo me amaba.

«Te mimaba», pensó Tina recriminando en silencio el estúpido orgullo del hombre que permitió que su esposa creyera que su fortuna era un saco sin fondo y que no se molestó en controlar sus gastos mientras estuvo vivo, sin preocuparle lo que sucedería con su propiedad cuando hubiera desaparecido.

–Además –continuó su madre–, harás que entre en razón. A ti te escuchará.

–Lo dudo.

–Pero sois amigos...

–¡Nunca hemos sido amigos! Y si supieras las cosas que dijo de ti, comprenderías que tampoco ha sido nunca amigo tuyo por mucho dinero que te preste.

–¿Qué dijo de mí? ¡Cuéntamelo!

Tina sacudió la cabeza. Había hablado demasiado y

no quería rememorar las horribles cosas que Luca había dicho antes de recibir una bofetada en el rostro.

–Lo siento, Lily, necesito aire fresco.

–¡Valentina!

Tina abandonó el museo de cristal con el sonido de la voz de su madre aún en los oídos. No sabía adónde iba, pero necesitaba salir de allí.

Lejos de unas lámparas que parecían árboles y peces de colores inmóviles, y toneladas de arañas que amenazaban con hundir el edifico bajo su peso.

Lejos de la insultante ingenuidad de su madre y su increíble incapacidad para leer los términos de un contrato.

Lejos de su propio miedo a no poder resolver los problemas de su madre y regresar a su casa en tres días. Su madre se ahogaba en deudas, igual que se ahogaba el viejo *palazzo*.

Y no había nada que pudiera hacer para evitarlo. El viaje había sido una completa pérdida de tiempo y dinero. Inútil. No había nada que hacer.

Se dirigió por las estrechas callejuelas hacia el canal y el *vaporetto* que la llevaría a algún lugar, a cualquier lugar. Cualquier lugar en el que no estuviera su madre. Giró la esquina con demasiada rapidez, demasiado absorta en sus pensamientos, para darse cuenta de que alguien se acercaba a ella. De repente se encontró sujeta por los hombros por dos fuertes manos que le obligaron a parar en seco antes de chocar contra él. Todo el aire abandonó sus pulmones de golpe.

Luca.

Capítulo 4

OCULTABA los ojos tras unas gafas de sol y aun así ella percibió un destello en ellos al ser reconocida. Destello acompañado de una ligera sonrisa. Y lo odió aún más por ello, igual que odiaba el cosquilleo que sentía en los hombros bajo sus manos.

–¿Valentina? –preguntó él con una voz, profunda y aterciopelada que, sin duda, había sido un regalo que los dioses le habían concedido al nacer–. ¿Eres tú?

Tina se sacudió violentamente para soltarse. Luca estaba demasiado cerca, tanto que el aire estaba impregnado de su aroma, cien por cien masculino con un toque de Bulgari. Un aroma que la atraía hacia él a pesar de sus intentos de apartarse. Un aroma que había actuado como la llave que abriera el cofre de unos recuerdos que hubiera preferido olvidar. Recuerdos de pezones mordisqueados, del roce de su barbilla contra el cuello, de sentirlo dentro de ella.

Maldijo en silencio la combinación de la voz aterciopelada y los recuerdos. Maldijo el detalle con el que recordaba lo sucedido y maldijo el buen aspecto que tenía, el que no hubiera engordado al menos veinte kilos ni perdido el cabello desde la última vez.

Pues Luca seguía tan hermoso como ella lo recordaba. Llevaba una chaqueta de lino sobre una camisa blanca que marcaba el musculoso torso como una segunda piel, y unos pantalones de lino color camel fijados a la cintura con un ancho cinturón.

Conservaba el aspecto del macho urbanita italiano, atlético y refinado. Y de repente fue consciente de lo diferentes que eran.

–Por supuesto que eres tú. Discúlpame, con ropa casi no te había reconocido.

La aterciopelada voz se transformó en un papel de lija que arañó todos sus sentidos hasta dejarlos en carne viva.

–Luca –Tina consiguió saludar con voz gélida–. Me gustaría poder decir que me alegro de verte, pero ahora mismo lo único que quiero es que me sueltes.

La sonrisa de Luca se hizo más amplia, aunque al fin la soltó no sin acariciarle sutilmente los hombros con los pulgares una fracción de segundo más de lo necesario.

–¿Adónde ibas con tanta prisa? Tengo entendido que acabas de llegar.

No tenía sentido sorprenderse ni preguntar cómo lo había sabido. Su madre había estado haciendo unas llamadas cuando ella había llegado. Una de ellas había sido para su padre, eso había dicho, pero otra, sin duda había sido para Luca Barbarigo, para pedirle más dinero que le permitiera comprar un nuevo cargamento de cristal. Su madre necesitaba a ese hombre para que le suministrara su dosis de dinero, como un drogadicto necesitaba su dosis de cocaína. Por tanto ni siquiera se molestó en fingir cortesía.

–¿Y a ti qué te importa adónde voy?

–Es que te he echado de menos y quería presentarte mis respetos.

–¿Para qué? ¿Para poder restregarme por la cara la incorregible capacidad para el despilfarro de mi madre? No te molestes, la conozco de toda la vida. Siento que hayas perdido el tiempo, pero regresaré a Australia en el primer vuelo que pueda tomar.

Tina hizo un amago de apartarse, pero no le resultó fácil. Luca era demasiado alto y corpulento y parecía taponar la calle.

–¿Abandonas Venecia tan pronto? –él se movió hacia la derecha, bloqueándole la huida.

–¿Para qué me iba a quedar? –Tina intentó ignorar los efectos de ese hombre sobre su pulso y se dijo que el fuego que sentía en la piel era la ira que sentía hacia su madre–. Tú no eres tan ingenuo como mi madre, y debes saber que no hay nada que pueda hacer para salvarla de la ruina. No después de la manera tan artera con que la has engañado.

–Qué peleona vienes, Valentina –los ojos de Luca emitieron un ardiente destello–. Estoy seguro de que podremos hablar como dos personas razonables.

–Para eso haría falta que fueras una persona razonable y, conociéndote del pasado, y tras examinar las cuentas de mi madre, me atrevería a afirmar que no tienes ni un solo gramo razonable en tu cuerpo.

–Quizás tengas razón –Luca soltó una sonora carcajada–, pero eso no le impide a tu madre seguir creyendo que la rescatarás de la ruina.

–Pues entonces es más tonta de lo que yo pensaba. No tienes ninguna intención de perdonarla, ¿verdad? No pararás hasta conseguir echarla del *palazzo*.

Los transeúntes, alertados por las voces airadas, se volvían hacia ellos, ansiosos por añadir un poco más de emoción a la visita turística.

–Por favor, Valentina –él la empujó contra una fachada y se arrimó a ella como si fueran dos amantes riñendo–. ¿De verdad quieres discutir los problemas financieros de tu madre en medio de una calle repleta de turistas? ¿Qué van a pensar de los venecianos?

Una vez más estaba demasiado cerca, tanto que sentía el cálido aliento acariciarle el rostro. Demasiado cerca para ignorar su aroma, demasiado para pensar con sensatez.

—Yo no soy veneciana.

—No, eres australiana y muy decidida. Y te admiro por ello, pero quizás haya llegado el momento de continuar esta conversación en un lugar más privado —con la cabeza señaló en dirección al *palazzo*—. Por favor, ¿podemos hablar en casa de tu madre? O, si lo prefieres, puedes acompañarme a la mía. Está muy cerca de aquí.

Por nada en el mundo estaba dispuesta a reunirse con Luca en su territorio. A pesar de intentar huir de la casa de su madre, era mejor que la de Luca. Además, si iban a decirse algunas verdades, quizás fuera bueno que su madre estuviera presente.

—Vamos al *palazzo*. Tengo unas cuantas cosas más que decirte antes de marcharme.

—Me muero de ganas —murmuró él mientras la seguía de regreso a la mansión.

Tina sentía el deseo de borrar esa expresión satisfecha del hermoso rostro. ¿Tan seguro estaba de la situación de Lily que sabía que el viaje desde Australia sería una pérdida de tiempo? ¿Se estaba burlando de ella?

Muy consciente de la presencia de Luca a su espalda, taladrándola con la mirada, tuvo que luchar contra el impulso de darse la vuelta. Sin embargo, sabía que la tórrida mirada se volvería aún más ardiente y resultaría insufrible. De modo que mantuvo la vista al frente y fingió que le daba igual.

Carmela les recibió en la puerta con una sonrisa indecisa. Pero cuando Luca sonrió y desplegó todos sus encantos con ella, la mujer, a pesar de ser consciente de

que su futuro en aquel lugar pendía de un hilo sujetado
por ese hombre, se sonrojó. Y Tina lo odió aún más por
ello. Lo odió por su poder para conseguir que las mujeres se derritieran a sus pies.

–Tu madre se ha acostado –Carmela se disculpó por
su ausencia–. Le dolía la cabeza.

Luca arqueó una ceja y miró a Tina, quien lo ignoró
mientras Carmela les conducía al salón principal y se
retiraba en busca de café. La sala era enorme, de techos
altos y paredes decoradas en tonos pastel. Habría resultado un lugar amplio y agradable de no ser por los nu-
merosos armarios y mesas repletas, como no, de figuras, jarrones y lámparas de cristal de todos los tamaños
y colores que emitían destellos color rubí.

La escena le resultó a Tina casi bonita. Un mundo
resplandeciente de cristal y fantasía. Bonito, si una conseguía olvidar lo que había costado todo aquello.

–Has perdido peso, Valentina –observó Luca a sus
espaldas–. Trabajas demasiado.

Durante todo el trayecto de regreso al *palazzo*, ese
hombre la había estado analizando concienzudamente
con la mirada, comparándola con su aspecto de tres
años atrás. Y sin duda comparándola con las demás mujeres que habían pasado por su vida.

–Todos hemos cambiado, Luca –ella lo miró de
frente–. Todos tenemos unos cuantos años más y, con
suerte, somos un poco más sabios. Al menos yo lo soy.

–Pues algunas cosas no han cambiado –Luca sonrió
y tomó un pisapapeles perteneciente a una colección
que había en una mesa–. Tú sigues tan hermosa como
siempre, Valentina –devolvió el objeto de cristal a su
lugar y se acercó lentamente a ella, parándose para examinar cada objeto de cristal que se interponía entre
ellos–. Quizás seas un poco más irritable de lo que yo

recordaba. Quizás con un poco más de chispa. Pero siempre fuiste muy apasionada.

Luca alargó la última palabra, envolviéndola en terciopelo, como si quisiera con ello acariciarle los sentidos.

–No quiero oír nada de eso –Tina luchó contra la corriente del pasado que la arrastraba y le provocaba una cálida sensación en el estómago–. Lo que quiero es decirte que sé lo que estás haciendo.

–¿Y exactamente qué estoy haciendo? –él inclinó la cabeza.

–He repasado las cuentas de Lily. No paras de prestarle dinero, un adelanto tras otro. Un dinero que se gasta inmediatamente en cosas como estas –agitó una mano en el aire–, todo de la fábrica de cristal de Murano de tu primo.

–¿Qué puedo decir? –Luca se encogió de hombros–. Soy banquero. Prestar dinero forma parte del oficio, pero no es responsabilidad mía en qué se lo gasta.

–Sin embargo, sabes que no tiene ingresos suficientes para devolverte el préstamo, y aun así le sigues prestando más dinero.

–Sí –él sonrió de nuevo y levantó el dedo índice–. Pero un banquero no se fija solo en los ingresos a la hora de evaluar los riesgos de un préstamo. Te olvidas que tu madre posee unos activos excepcionales, utilizando el lenguaje del negocio.

–De modo que te has fijado en sus activos –Tina soltó un bufido.

–Me refería al *palazzo* –Luca alzó una ceja con expresión perpleja.

–Yo también –se apresuró ella a contestar–. No sé en qué creías que estaba pensando.

Luca rio y continuó el recorrido por la habitación deslizando un dedo por un cuenco de cristal que descansaba sobre una repisa. Tenía unos dedos largos que producían caricias ligeras, tal y como no pudo evitar recordar ella. Unas caricias en las que pensaba en sus largas noches de insomnio cuando más dolorosamente sola se sentía.

–Tu madre es una mujer hermosa, Valentina. ¿Te molestaría que me fijara en ella?

–¿Por qué iba a molestarme? –ella pestañeó perpleja intentando regresar a la conversación.

–No lo sé, a no ser que te preocupe que me haya podido acostar con Lily. Puede que me esté acostando con ella –Luca se paró frente a ella y sonrió–. ¿Te preocupa eso, *cara*?

–¡No quiero saberlo! ¡Me da igual! No es asunto mío con quién te estés acostando.

–Por supuesto que no. Y desde luego que es una mujer hermosa.

–Eso ya lo has dicho –masculló ella entre dientes.

–Aunque ni de lejos tan hermosa como su hija.

Con mucha delicadeza, le retiró el flequillo de la frente y ella dio un respingo. Tenía que hacerle parar, apartarse de él. Sin embargo, lo cierto era que se estaba inclinando hacia él.

Fue Luca quien dio un paso atrás, dejando caer la mano. Tina lo miró perpleja, consciente de haberle cedido un punto que debía recuperar.

–Le dijiste a mi madre que éramos viejos amigos.

–¿Y no lo somos? –él se encogió de hombros y se sentó en un sillón de terciopelo rojo.

–Nunca fuimos amigos.

–Vamos, Valentina –la manera en que pronunciaba su nombre lo convertía en una caricia–. Después de lo que hemos compartido...

Tina cruzó instintivamente los brazos sobre el pecho para ocultar la involuntaria reacción.

–¡No compartimos nada! Pasamos una noche juntos, una noche que he lamentado desde entonces.

«Y no solo por las cosas que dijiste y cómo nos separamos», pensó.

–Pues yo no guardo un recuerdo tan desagradable.

–Quizás lo que tú recuerdas sea otra noche. Otra mujer. Debe haber habido tantas que seguramente te confundirás. Pero yo no me he confundido. Tú no eres amigo mío. No eres nada para mí. Nunca lo has sido y nunca lo serás.

Tina pensó que él se marcharía. Esperaba que se diera cuenta de que no tenían nada más que decirse. Pero, aunque se incorporó en el sillón, Luca no se levantó. La expresión de sus ojos quedó desprovista de todo humor y adquirió un tinte casi predatorio. Si decidía salir corriendo, estaba segura de que se lanzaría tras ella y la atraparía en un segundo. El corazón le dio un vuelco en el pecho y se sintió como una gacela asustada.

–Cuando tu madre acudió a mí por primera vez –empezó Luca con una voz que le exigía toda su atención–, iba a rechazarla. No tenía ninguna intención de prestarle dinero.

Tina no contestó nada. No le encontraba ningún sentido a preguntarle por qué había cambiado de idea. Se lo iba a contar aunque ella no quisiera saberlo. Y en el fondo sabía que no le iba a gustar lo que iba a oír.

–Iré a ver qué pasa con ese café... –anunció dirigiéndose hacia la puerta.

–No –Luca se puso en pie y se colocó frente a la puerta, impidiéndole el paso–. El café puede esperar hasta que hayamos terminado. Hasta que me hayas escuchado.

Ella contempló el rostro que podía ser a la vez tan hermoso y tan cruel. Lo estudió atentamente y se sorprendió de lo fieles que habían sido sus recuerdos.

Mantuvo los ojos fijos sobre él hasta que se dio cuenta

de que él también la estudiaba, con la misma atención. Solo entonces desvió la mirada. Porque lo había mirado demasiado tiempo, se dijo, no porque le preocupara lo que Luca pudiera recordar sobre ella.

–No tenía que prestarle dinero a tu madre –continuó él–. Pero entonces recordé aquella noche en una habitación caldeada por el fuego de una chimenea, con alfombras de piel de cordero en el suelo y un edredón de plumas sobre la enorme cama. Y recordé a una joven de piel suave, ojos color ámbar y cabellos dorados que se había marchado demasiado enfadada. Demasiado pronto.

Ella le dedicó una mirada furiosa y apretó los puños, negándose a que las palabras de Luca se alojaran en las partes de su cuerpo hacia donde se dirigían.

–¿Le prestaste dinero a mi madre para vengarte de mí? ¿Lo hiciste porque te abofeteé? ¡Estás loco!

–Tienes razón. No puedo concederte a ti todo el mérito. Porque al prestarle dinero a tu madre encontré la oportunidad de recuperar la casa de Eduardo, su *palazzo*, antes de que se derrumbe, hundiéndose en el canal por culpa del abandono. Se lo debo a Eduardo. Pero no fue el único motivo. Realmente quería darte una segunda oportunidad.

–¿Para que vuelva a abofetearte? Haces que suene muy tentador.

–Hay quien dice que la vida de un banquero es aburrida –Luca soltó una carcajada–, que sus días están llenos de interminables reuniones y conversaciones aburridas sobre finanzas y márgenes gananciales. Pero no siempre es así. A veces resulta mucho más gratificante.

–¿Cuando sueñas alguna fantasía? Escucha, me da igual cómo vives tu vida, realmente no quiero saberlo, solo quiero que me dejes fuera de ella.

–Entonces eres más egoísta de lo que pensaba –habló él con solemnidad–. Tu madre tiene graves apuros económicos, podría llegar a perder el *palazzo*. Es más, va a perderlo. ¿No te preocupa que se quede en la calle?

–Eso caerá sobre tu conciencia, no sobre la mía. Yo no soy la que amenaza con echarla.

–Y sin embargo podrías salvarla.

–¿Cómo? Aunque quisiera ayudarla, no dispongo de las cantidades que te debe.

–¿Y quién ha hablado de dinero?

Había un tinte gélido en la pregunta, como si ella debiera figurarse exactamente a qué clase de moneda se estaba refiriendo. Pero no era posible que fuera eso, ¿no?

–No poseo nada que pueda ser del interés de un banquero ni para convencerle de que condone la deuda.

–Te subestimas, *cara*. Tienes algo que podría animar a este banquero a perdonarle la deuda a tu madre.

–Me parece que no –ella sacudió la cabeza.

–Escucha mi oferta, Valentina. No soy un monstruo, aunque tú lo creas. No quiero ver a tu madre sufrir la humillación de ser arrojada a la calle. Es más, tengo un apartamento con vistas al Gran Canal preparado y dispuesto para ella. Podrá vivir gratis allí y recibirá una pensión mensual. Lo único que se interpone eres tú –Luca le dedicó una sonrisa que olía a falsedad. La sonrisa de un depredador.

Tina sintió un escalofrío producto de la sospecha y de la fascinación. Era un hombre hermoso, siempre lo había sido. Pero ya lo conocía, sabía de qué era capaz y todos sus sentidos de protección estaban en alerta.

–¿Y vas a contarme qué se supone que debo hacer para que mi madre consiga ese final feliz?

–No te pediré nada que no te haga disfrutar. Simplemente te pido que compartas mi lecho.

Tina pestañeó esperando despertar en cualquier momento. Sin duda debía ser por el jet lag. Se había quedado dormida de pie y estaba teniendo una pesadilla.

–¿Nada más? –preguntó–. Me estás diciendo que le perdonarás la deuda a mi madre, que le regalarás un apartamento y le pagarás una pensión, ¿y lo único que tengo que hacer es acostarme contigo?

–Ya te dije que sería muy sencillo.

¿En serio se imaginaba que accedería? ¿Acaso no era consciente de lo que le estaba pidiendo? Pretendía que se vendiera como una furcia cualquiera, ¿y todo para salvar a su madre?

–Gracias por su visita, *signor* Barbarigo. Estoy segura de que no necesitará que Carmela le muestre la salida. Encontrará la puerta sin ningún problema.

–Valentina, ¿eres consciente de a qué te estás negando?

–Al parecer a una especie de paraíso, tal y como lo describes. El problema es que no estoy en venta. No busco el paraíso. Y desde luego jamás esperaría encontrarlo en tu cama.

–Puede que quieras reconsiderar tus opciones. Me parece que no te has tomado suficientemente en serio mi oferta.

–Y yo creo que no eres consciente de que ya he oído suficiente.

–¿Y qué pasa con tu madre? ¿No te preocupa lo que le suceda?

–Mi madre ya es mayorcita. Se metió ella sola en este lío y tendrá que salir por sí misma.

–¿Y si pierde el *palazzo* y se queda sin casa?

–Pues así tendrá que ser. Tendrá que buscarse otro lugar en el que vivir, como cualquier persona que gasta más de lo debido.

–Me sorprendes. Eres su hija y no vas a mover un dedo para ayudarla.

–Te has pasado, Luca, al imaginar que me importaría siquiera. No tomaré parte en tu sórdido juego. Si tienes que hacerlo, echa a mi madre de su casa. Quizás sea el único modo de que aprenda la lección. Pero no esperes de mí que me prostituya para pagar su deuda. Cuando te dije que lo nuestro había terminado, lo dije en serio.

Luca asintió y ella sintió un inmenso alivio, como jamás había sentido antes. Acababa de condenar a su madre, lo sabía, pero no era ni la mitad de malo de lo que se había esperado que fuera. Quizás si su madre hubiera sido una madre de verdad, una madre que inspirara lealtad y afecto, habría estado dispuesta a considerar la descabellada propuesta de Luca. Al menos durante cinco minutos. Pero, por otro lado, una verdadera madre jamás colocaría a su hija en una posición como esa, ni habría caído víctima de un oportunista.

–En ese caso no me dejas otra elección. Llamaré a tu padre para comunicarle la noticia.

–¿A mi padre? –preguntó ella mientras el temor empezaba a agarrotarle el pecho. Lily había hablado por teléfono con su padre y no había podido descubrir el motivo. ¿Qué habían estado maquinando?–. ¿Para qué vas a llamarlo? ¿Qué tiene que ver Mitch con esto?

–¿Qué más te da? Creía que ya no querías tener nada que ver con esto.

–Si mi padre está implicado, sí que quiero. ¿Para qué tienes que llamarlo?

–Porque Lily ha hablado hoy con él.

–Ya lo sé –espetó ella con impaciencia–. ¿Y?

–Y él no quiere que tu viaje sea en vano. Lily me dijo que haría cualquier cosa por ti y, al parecer tiene razón. Ofreció la granja como aval si no encontrabas el modo de ayudarla.

Capítulo 5

NO ME puedo creer que hayas metido a mi padre en esto! –Tina irrumpió furiosa en la habitación de su madre. Sabía que estaba despierta, pues acababa de pedirle a Carmela que le subiera una copa de brandy–. ¿En qué demonios estabas pensando?

Luca se había marchado con expresión altiva, pero dejando atrás una atmósfera envenenada y Lily ya no era la única con dolor de cabeza.

–¿Qué haces aquí? ¿A qué se debe tanto grito?

Tina descorrió las pesadas cortinas. Era tarde y apenas se veía por lo que optó por encender la luz, siendo recompensada con la visión de un completo viñedo, racimos, hojas, todo de cristal pendiendo sobre la cama de su madre.

–¿Qué demonios es eso? –preguntó cuando al fin recuperó el habla.

–¿No te gusta? –inquirió perpleja su madre mientras se sentaba en la cama.

–Es horrendo. Como todo lo demás en este mausoleo dedicado al cristal.

–Valentina, ¿tienes que ser tan grosera? Debes saber que no lo compro por agradarte.

–Eso es evidente. Pero ahora mismo me preocupa más lo que has conseguido que haga papá. Luca me dijo que había ofrecido la granja como garantía del préstamo. Por ti. Para avalarte en caso de que yo no encontrara otra solución mejor.

–¿Has hablado con Luca? –Lily saltó de la cama y se puso una bata rosa de seda–. ¿Cuándo? ¿Sigue aquí?

–Afortunadamente se ha largado, pero no sin antes explicarme su plan. ¿Estás metida en esto, mamita querida? Lo de vender a tu hija a cambio de la deuda, ¿fue idea tuya?

–¿Eso te ha dicho? –Lily pestañeó perpleja, tanto que Tina estuvo segura de que no había participado en el plan–. Eso explica algunas cosas, supongo. Vaya, vaya, menuda chica con suerte. Y yo que pensaba que no le interesaba el sexo...

–¿Lo hiciste? ¡Por favor, dime que no le ofreciste tus favores!

–Cumplir cincuenta no es ningún motivo de alegría, Valentina –la mujer se encogió de hombros frotando distraídamente con un trapo un delfín de cristal–. Nadie te desea. Nadie te ve. Para los hombres, te vuelves invisible.

–Tampoco resulta halagador que te pidan que te conviertas en la amante de alguien, Lily.

–Pues claro que lo es. Es un hombre muy atractivo –Lily dejó de frotar el delfín con el trapo y adoptó una expresión pensativa–. Piénsalo, si juegas bien tus cartas, puede que incluso se case contigo...

–Le dije que no accedía a su plan.

–Entiendo –asintió su madre con expresión desolada.

–Y entonces fue cuando me habló de papá y su decisión de avalarte con la granja. ¿Por eso estabas hablando con él por teléfono cuando llegué, Lily? ¿Buscabas un plan B en caso de yo no pudiera salvarte? ¿Le has suplicado un favor al hombre al que abandonaste con un bebé hace más de veinticinco años? ¿Un hombre que debería odiarte?

–Pero no lo hace. Creo que Mitchell ha sido el único que me ha amado de verdad.

–Bueno, pues la fastidiaste a base de bien.

–Sigo sin ver el problema. Muchas matarían por acostarse con Luca Barbarigo.

La tentación de escandalizar a su madre, para variar, fue demasiado grande.

–Ese precisamente es el problema. Ya me he acostado con él.

–¡Qué viciosilla mi niña! –fue la única reacción de su madre que cambió el delfín por otro–. ¿Y no se lo has contado a nadie? Entonces, ¿por qué te pones así ahora?

–Acabó mal –la pregunta de su madre le había dicho más de ella de lo que deseaba saber.

–¿Lo dices porque no te expresó su amor eterno? Por Dios, Valentina, qué ingenua eres.

Las palabras de Lily despertaron todo el dolor que Tina se había jurado no volver a sentir. Y quizás por eso se lo contó. Porque no quería ser la única en sufrir.

–Me dijo que la manzana nunca cae lejos del árbol. Dijo que, al igual que tú, mis mejores actuaciones las realizaba tumbada de espaldas.

Su madre interrumpió momentáneamente la labor de limpieza del delfín. Y entonces soltó una carcajada, absolutamente encantada.

–¿Eso dijo? ¿Y no te lo tomaste como un cumplido? –al ver el rostro compungido de su hija, lo comprendió–. No, ya veo que no lo hiciste –se encogió de hombros y retomó el abrillantado del delfín antes de sustituirlo por otro y empezar a frotar de nuevo.

–¿Te importaría dejar de hacer eso? –Tina estaba fuera de quicio.

–¿Hacer el qué?

–Quitarle el polvo a esos malditos adornos.

–Valentina –contestó su madre sin dejar de frotar–, es cristal de Murano, deben lucir en todo su esplendor. Por supuesto que tengo que quitarles el polvo.

–¡Me quedé embarazada!

–¿Embarazada? –Lily la miró y al fin soltó el objeto de cristal. Al fin parecía espantada–. ¿De Luca Barbarigo?

Tina asintió con un nudo en la garganta mientras luchaba contra unas furiosas lágrimas que escocían. Había revelado el secreto tanto tiempo guardado. Su madre comprendería.

Al fin.

–¿Y por qué no le obligaste a casarse contigo? –se limitó a responder su progenitora.

–¿Qué?

–¿No sabes el dinero que tiene? Pertenece a la nobleza veneciana, ¿y no te casaste con él?

–Lily, fue un revolcón de una noche. Una noche. El bebé no formaba parte del trato. De todos modos, lo perdí. Y gracias por interesarte por la suerte de tu nieto.

–Pero, si te hubieras casado con él –continuó Lily sin el menor remordimiento–, no estaríamos metidas en este lío ahora.

–¿Es que no me has oído? Perdí el bebé. A las veinte semanas. ¿Tienes idea de lo que es dar a luz a un hijo destinado a morir?

–En realidad no querías a ese bebé –Lily desestimó el argumento como si fuera otra mota de polvo–. Además, para entonces ya habrías estado casada. Lo habrías estado si me lo hubieras contado en su momento. Yo lo hubiera organizado todo en una semana.

–¿Y qué pasa si yo no quería casarme?

–Esa no es la cuestión. Deberías haberle obligado a hacer lo correcto.

–¿Igual que tú con Mitch cuando te quedaste embarazada? –Tina no creía haber odiado a su madre tanto jamás–. Cuéntame, Lily, ¿esperabas perderme una vez tuvieras el anillo en el dedo? ¿Esperabas ahorrarte el mal trago del parto, dado que nunca quisiste hijos?

–¡Eso no es justo!

–¿No lo es? Pues siento no haber colaborado. Aunque, bien visto, menos mal que sigo aquí, dado el lío en el que te has metido –Tina se volvió para marcharse–. Adiós, Lily. No creo que te vuelva a ver mientras siga aquí.

–¿Adónde vas?

–Al infierno.

El taxi lo dejó en la entrada acuática del *palazzo* sobre el Gran Canal. Aldo lo saludó mientras desembarcaba del vehículo.

–¿Dónde está la visita que esperaba?

–Ha habido cambio de planes, Aldo. Esta noche cenaré solo y lo haré en el estudio.

Luca subió las escaleras de mármol que conducían a la casa. No le cabía la menor duda de que el cambio de planes era temporal. En cuanto Valentina sopesara sus opciones, vería que no tenía ninguna. No iba a tardar en acudir a él, arrastrándose, suplicándole que le permitiera salvar a su familia de la pesadilla que había provocado su madre.

Entró en el estudio y abrió la puerta de cristal para salir al balcón y contemplar el canal de noche. Nunca se cansaba de esa vista de Venecia, ni del sonido del agua golpeando los pilares, o de las canciones del gondolero que pasaba bajo el balcón. Su familia llevaba siglos allí y, en ocasiones, tenía la sensación de que por sus venas no circulaba sangre sino el agua de esos canales.

Un canal que le hablaba. Que le aconsejaba paciencia. Que le aseguraba que estaba más cerca de su meta de lo que creía.

Reconoció el color de sus ojos en la luz que se reflejaba a través de una ventana al otro lado del canal. Ojos de color ámbar y cabellos dorados. A pesar de haber perdido peso, a pesar de los signos de cansancio, sin duda debidos al largo viaje, los años la habían tratado bien. Estaba aún más hermosa de lo que recordaba.

Y la deseaba.

Y ella se arrastraría ante él.

Y él la tomaría.

Tina consiguió que Carmela le facilitara la dirección.

–Si necesitas algo, lo que sea, vuelve aquí –la gobernanta la abrazó con ternura–. Vuelve con Carmela. Yo te ayudaré, *bella*.

Tina le devolvió el abrazo sujetando con fuerza el trocito de papel en el que le había escrito la dirección, acompañado de un pequeño plano que le había dibujado. Luca no vivía lejos de allí. Estaba agotada y era ya noche oscura, pero la ira la mantenía despierta y activa. No podría quedarse ni un segundo más en la casa de su madre.

Con las prisas se equivocó de *vaporetto* y tuvo que bajarse en la primera parada para tomar otro. En tres ocasiones se perdió en las oscuras callejuelas hasta que al fin encontró una placa en una fachada con un nombre que le resultaba familiar.

Las pérdidas de tiempo le permitieron reflexionar. Considerar por qué se sentía tan preparada para entrar en la guarida del león, un lugar al que se había jurado no regresar.

No era por su madre, eso desde luego. Estaba más que dispuesta a darle la espalda y dejarla allí a su propia suerte.

Tampoco lo hacía por ella misma. Odiaba a Luca por lo que había dicho y hecho. Por no haberse preocupado cuando debería haberlo hecho. Por el efecto inquietante e indeseado que le provocaba su presencia. No quería tener nada que ver con ese hombre.

No, aquello lo hacía por su padre que había pensado que al ayudar a Lily le iba a facilitar las cosas a su hija. ¿Qué le había contado Lily? ¿Qué dramas había atado esa mujer con los lazos que les seguían uniendo incluso tras más de veinte años divorciados?

Una hipoteca más, una mala temporada, arruinaría a su padre y no se lo podía permitir.

Volvió a equivocarse al doblar la esquina y soltó un juramento mientras desandaba el camino. La nueva equivocación solo sirvió para aumentar su ira. De manera que para cuando por fin encontró la puerta con el número que buscaba hubiera podido despedazarla con sus propias manos. Sin embargo, optó por pulsar el timbre y esperó con impaciencia a que le respondieran para anunciar su deseo de ver a Luca Barbarigo.

—Dígale que soy Tina Henderson, Valentina Henderson —aclaró al percibir que su interlocutor era reticente a abrirle—. Querrá verme.

Instantes después, la puerta se abrió y un mayordomo de rostro pétreo la recibió mirándola de arriba abajo y dejándole bien claro por su gesto que los vaque-

ros desteñidos y la cazadora barata no era vestimenta
adecuada para aquel lugar.

–*Signore* Barbarigo la recibirá en el estudio –anunció antes de señalar la mochila–. ¿Me permite la mochila?

–No hace falta –contestó ella–, si no le importa –de
ese modo a Luca no le cabría ninguna duda el motivo
de su presencia allí. Comprendería que se trataba solo de
negocios.

El mayordomo asintió, evidenciando en ese gesto su
desaprobación, y la condujo por las escaleras hasta la
planta noble. El *palazzo* era impresionante con los sue-
los de terrazo y las paredes pintadas de estuco. Los altos
techos impedían que el ambiente resultara opresivo.

¿O no?

Solo había un tramo de escaleras, pero sentía la falta
de oxígeno. Estaba en la guarida del león, a punto de
hacerle jugar a su propio juego.

Sentía expectación, terrorífica y deliciosa a un tiempo,
por lo que seguiría.

Y esa misma sensación de miedo que podría haberle
hecho darse media vuelta y huir escaleras abajo, se con-
virtió en fortaleza. ¿De verdad se había creído que caería
dócilmente en sus brazos, en sus cama? No se arrastraría
ante él como una virgen lloriqueando e implorando sus
favores.

La escalera terminaba en un salón, tan elegante que
podría aparecer en una revista de decoración. En conjunto el efecto era luminoso y espacioso.

Así debería ser la casa de su madre, pensó. Y seguramente así había sido antes de que Eduardo se hubiera
casado con ella y permitido que se volviera adicta a las
fábricas de cristal de Murano en las que había invertido
todo su dinero y el espacio físico disponible.

El mayordomo la condujo a través de varias estancias hasta llegar a una puerta de madera esculpida que golpeó con los nudillos antes de hacerla pasar.

El corazón le dio un vuelco al verlo.

El león estaba en su guarida.

Luca estaba arrogantemente reclinado en una silla tras un enorme escritorio. A pesar de lo inmensa que era la estancia, ese hombre parecía ocupar todo el espacio disponible. Tina apartó los ojos de él y se fijó en el escritorio, una pieza de anticuario, masculina y sólida.

—Valentina —saludó sin ponerse en pie—. Qué sorpresa.

—¿En serio? —ella contempló la puerta—. ¿Esa puerta puede cerrarse desde dentro?

—¿Por qué lo preguntas? —Luca ladeó la cabeza y frunció ligeramente el ceño.

Tina dejó caer la mochila lentamente al suelo. Después hizo acopio de todo el coraje, que no sentía, para sonreír.

—Sería una pena que nos interrumpieran.

—¿Lo sería? —preguntó él como si no le importara lo más mínimo.

Ella sintió una punzada de pánico. Hacía mucho tiempo desde la última vez que había hecho el amor. Años desde aquella inolvidable noche con Luca. ¿Se había engañado a sí misma al pensar que podría hacerlo? Apenas tenía experiencia en el arte de la seducción.

Pero no huyó. Porque percibió cómo Luca se relajaba casi imperceptiblemente.

Se humedeció los labios y se preparó para el espectáculo. ¡Por Dios qué novata era! ¡Un fraude! Aun así, se llevó una mano a la cremallera de la cazadora y jugueteó con ella, bajándola lentamente hasta estar segura de haber captado la atención de Luca.

–Aquí hace calor. ¿No te parece?

–Puedo abrir una ventana, si quieres –contestó él sin dejar de mirar la cremallera.

–No hace falta –contestó ella sintiéndose repentinamente poderosa mientras bajaba la cremallera del todo y deslizaba la cazadora por los hombros–. Será cosa mía.

–¿Qué haces aquí? –las palabras fueron breves y cortantes, pero la aterciopelada voz tenía un tinte ronco.

–Me ofreciste un puesto –Tina sonrió y se quitó las sandalias de sendas patadas, aunque con cierta torpeza. Sin embargo, él no se fijaba en sus pies.

A las sandalias le siguió la camiseta. Cuando estuvo segura de gozar de su atención plena, la deslizó por encima de la cabeza, dejando expuesto el sujetador blanco, el más soso que tenía, aunque por la expresión en la mirada de Luca, ni siquiera se había dado cuenta de que llevara uno. Esa mirada le dio el valor que necesitaba para continuar, para desnudar un cuerpo que nadie había contemplado desde hacía tres largos años. Un cuerpo apartado del mundo para evitar que volviera a traicionarla. ¿Le estaría pidiendo demasiado en esos momentos?

–Pues te comunico que acepto el trabajo –contuvo la respiración y se desabrochó el cinturón de cuero antes de soltar los botones de los vaqueros.

Bajó la cremallera del pantalón y, con un golpe de cadera, empezó a deslizarlo por las piernas antes de pararse.

–Se me acaba de ocurrir una cosa.

–¿El qué? –preguntó Luca con voz ronca, prestándole toda su atención.

–Ciertas condiciones.

–Adelante.

¿Eso había sido un gruñido o un gemido? Daba igual, le valían ambos.

–¿Durante cuánto tiempo se supone que debo ser tu amante? No lo mencionaste.

–No había pensado en ello. El tiempo que haga falta.

–Yo había pensado en un mes.

–¿Un mes?

–Un mes sería un tiempo razonable. No estoy al corriente de qué es lo normal para una amante, pero teniendo en cuenta que soy de segunda mano y con poco kilometraje, bueno, creo que se merece un mes, ¿no?

–Si tú lo dices.

–Lo malo es que tengo mucho que hacer en la granja. Y estoy segura de que tú también tendrás algún asunto entre manos. Y no queremos que esto altere nuestra vida, ¿verdad?

–Verdad.

Las manos de Tina se apoyaron en las caderas y disfrutó viéndole mirarla. Sintió el poder del deseo de Luca alimentar la ira que se había acumulado en su interior desde la llamada telefónica de Lily. Una ira que se había convertido en un volcán que estaba a punto de entrar en erupción. «Y tú que pensabas que ibas a salirte con la tuya».

Era casi demasiado bueno para ser verdad. Casi.

–No volverás a ponerte en contacto con mi padre ni lo amenazarás. Nunca más.

–Nunca más.

No era demasiado bueno para ser verdad. Era perfecto.

–Este escritorio es precioso, Luca –los vaqueros descendieron unos centímetros más y ella se volvió de espaldas para permitirle una mejor visión desde atrás, asegurándose de que las braguitas acompañaban a los pantalones–. Sería una pena desperdiciar tanto espacio.

–Es verdad –contestó Luca poniéndose torpemente de pie y desabrochándose la camisa hasta dejar expuesto un torso que parecía haber sido robado a los dioses–. Creo que necesitas ayuda con esos vaqueros.

Capítulo 6

CONTROL. Era una de las cualidades de las que Luca se enorgullecía. Tenía paciencia. Nervios de acero. Control sobre su vida. Así le gustaban las cosas. Así debían ser.

Pero la visión de la descarada rubia de ojos color ámbar desnudándose en su estudio amenazaba con desarmarlo.

Tina soltó una carcajada cuando la tomó en brazos. Y él se sintió embriagado mientras la llevaba hasta la mesa, apartando todos los objetos a manotazos, lanzando papeles, teléfonos y lápices en todas direcciones antes de sentarla sobre el escritorio y arrancarle los vaqueros y el sujetador impulsado por un torrente de testosterona.

Desnuda sobre la mesa y con las piernas abiertas, la visión resultó casi demasiado intensa.

Tina dejó de reír y empezó a respirar aceleradamente, furiosa, con los ojos muy abiertos mientras Lucas se desprendía de los pantalones.

–Te odio –los ojos color ámbar se volvieron repentinamente gélidos, casi enfadados.

«Mucho mejor», pensó Luca. Por un momento el numerito del desnudo le había hecho vislumbrar algo. Algo que se había enroscado inquietantemente alrededor de su estómago. Pero el odio era una emoción que se sentía capaz de manejar.

El odio convertiría la sumisión de Tina en un acto aún más placentero.

—Excelente —contestó él al fin mientras abría un cajón y rebuscaba. Se colocó el preservativo en un abrir y cerrar de ojos mientras separaba las piernas de Tina un poco más hasta encontrar el camino de entrada.

Una entrada húmeda y caliente.

Luca se controló el tiempo suficiente para frotarle el sensible núcleo con el pulgar y observar el odio, empañado por el deseo, en los ojos de Tina. Desde luego lo odiaba.

—Me alegra que nos entendamos —observó él mientras se zambullía en su interior de una única y fuerte embestida.

Tina soltó un grito y arqueó la espalda al tiempo que cerraba los ojos.

El odio era un sentimiento subestimado, pensó Luca mientras la sujetaba por las caderas y se retiraba lentamente sintiendo como los músculos de Tina se contraían involuntariamente en torno a él, intentando impedir su fuga, suplicándole más.

Y él le dio más. La segunda embestida fue aún más profunda. Tina volvió a gritar y a arquear la espalda, momento en que Luca la levantó de la mesa sentándola a horcajadas sobre él con los pechos aprisionados contra el torso y las piernas enroscadas alrededor de su cintura. Le levantó ligeramente las caderas y al dejarla caer, fue su turno de gemir.

Esa mujer no necesitaba ayuda para acomodarse a su ritmo. En realidad era más bien ella quien establecía ese ritmo. Su trasero se retorcía y, agarrándose a sus hombros, se elevó para permitirle tomarla, aumentando la intensidad mientras deslizaba los labios por su cuello cuya piel mordisqueaba con sus afilados dientes.

Se comportaba como un gato salvaje y Luca apenas podía aguantar el ritmo.

Aquello duró hasta que, con un nuevo movimiento del trasero, Luca perdió todo el control y estalló dentro de ella, acompañado de los fuegos artificiales del orgasmo de Tina.

Jadeante y empapado en sudor, la agarró con fuerza y la llevó a la suite a la que se accedía a través de una puerta interior desde el estudio. No sin cierta torpeza, retiró la colcha de la cama y tumbó a Tina sobre el colchón.

Valentina suspiró y cerró los ojos. Luca se había esperado lágrimas, recriminaciones, pero no sucedió nada parecido. Tampoco había mucho más que decir después de «te odio».

Salvo, quizás, «sigo odiándote». Luca sonrió mientras se dirigía al cuarto de baño, pensando en el segundo asalto. El primer interludio había sido rápido y furioso, pero para la segunda ocasión iba a tomarse su tiempo. Sería él quien estableciera el ritmo.

El espejo le devolvió la imagen del cuello y el hombro marcado por los mordiscos. Deslizó un dedo por las marcas rojas y brillantes y sonrió. Esa mujer era toda una tigresa. Salvaje y sin domesticar, y tan sorprendente como su aparición aquella noche.

Le había sorprendido su vehemencia. Había estado más que dispuesta a dejar tirada a su madre, obligándola a enfrentarse sola a las consecuencias de sus gastos excesivos. No había sido consciente de lo mala que era la relación entre madre e hija, sin duda porque la única versión con la que había contado era la de Lily.

Pero sugerirle a Lily que le pidiera ayuda a su primer marido había sido un golpe de genialidad. Al fin había dado con la única persona que le importaba realmente a Valentina, por la que haría cualquier cosa, aunque tuviera que sacrificar su propio cuerpo.

Todo el mundo tenía un precio. Eso decían. Y él acababa de encontrar el de Valentina.

Regresó al dormitorio y la encontró acurrucada como un gatito en medio de la cama, profundamente dormida.

Ya podía despedirse del segundo asalto.

Confuso, se tumbó a su lado. Tina se movió y murmuró algo. Luca no había tenido la intención de abrazarla, pero ella se acurrucó contra su cuerpo y volvió a quedarse profundamente dormida con un suspiro.

No estaba acostumbrado a abrazar a nadie mientras dormía. No estaba acostumbrado a que nadie se le durmiera. Ninguna mujer lo había hecho jamás. Intentó relajarse.

Imposible relajarse.

Al menos podría reflexionar sobre lo que iba a suceder cuando ella despertara.

Había accedido a quedarse un mes.

En su momento le había parecido tiempo más que suficiente. Iba a mantenerla a su lado hasta que se creyera a salvo, confiada y tan cómoda en su posición de primera dama de Venecia que no viera lo que se le venía encima. La humillación pública.

Pero entonces recordó lo sucedido en el despacho y cómo ella había vuelto las tornas, cómo lo había dejado derrengado. Y la idea de compartir treinta noches con Valentina, odiándolo y demostrándoselo cada noche en su cama, ya no le parecieron suficientes.

Ella despertó lentamente con la extraña sensación de estar en movimiento. Y, durante un instante de duermevela se creyó nuevamente en el avión.

Hasta que la lógica intervino. Los asientos en clase turista no incluían un maravilloso colchón y almohadas lo bastante grandes como para servir de pista de aterrizaje.

Se sentó de golpe en la cama. Y entonces recordó la discusión con su madre y la explosiva sesión sobre el escritorio de Luca. Y después... nada.

¿Qué había hecho?

Levantó las sábanas y echó una ojeada. Por supuesto estaba desnuda. Y por supuesto no había sido un sueño. Había protagonizado un número de destape ante él. Se había ofrecido a él y había tomado el mando en lugar de someterse al sacrificio. Y recordó el escritorio y la sensación de tenerlo dentro de ella.

¿Cómo iba a poder olvidar esa sensación, la plenitud y los exquisitos efectos del roce?

No había olvidado nada de lo sucedido tres años atrás y, al parecer, nada había cambiado.

Sin embargo, lo que no conseguía recordar era esa cama, la cama de Luca. La habitación exudaba masculinidad, como si hubiera estampado su personalidad en cada rincón. Había dormido en su cama, y él la había acompañado y, sorprendentemente, aquello le resultó más íntimo que lo sucedido sobre el escritorio.

Una bata de seda color jade estaba tendida a los pies de la cama. Tina la agarró y se la puso apresuradamente por si él regresaba. Extraño sentir timidez después de lo que habían hecho la noche anterior. Jamás había pensado sellar el trato de ese modo. Le había espoleado la ira. En esos momentos seguía furiosa, con su madre y con Luca, pero también sentía perplejidad ante su propio comportamiento. Y miedo.

Un mes acostándose con Luca Barbarigo. Treinta noches de sexo con un hombre que sabía cómo volverle loca. Treinta noches después de tres años de abstinencia. Tina sintió un escalofrío. Era casi demasiado para poderlo soportar. Casi demasiado delicioso.

La bata de seda le acariciaba el cuerpo desnudo y los pezones se tensaron. No podía permitir que él la viera en ese estado. Pensaría que estaba lista y preparada para el segundo asalto. Incluso podría ser que tuviera razón.

Pero Luca no apareció y los únicos sonidos provenían del exterior.

Echó una ojeada al reloj sobre la repisa. ¿Las tres? ¿Había dormido todo el día?

Saltó de la cama y encontró el cuarto de baño y después el estudio al otro lado de la puerta interior. No había señal alguna de la mochila. El suelo estaba libre de ropas desperdigadas y el escritorio volvía a estar cubierto de bolígrafos, teléfonos y carpetas. Durante un segundo se preguntó si no habría sido un sueño. Pero no, imposible soñar los músculos doloridos por falta de uso, ni la sensación de estupefacción ante lo sucedido.

Su plan, cocinado apresuradamente al fuego de la ira, y que a plena luz del día parecía imposible e inimaginable, se había puesto en marcha.

Había acudido a Luca Barbarigo, no como víctima sino como seductora. Había establecido sus condiciones. Tenía un vago recuerdo de que había funcionado. O eso había pensado antes de quedarse dormida. Menuda seductora había resultado ser.

Todavía buscaba su ropa cuando alguien llamó a la puerta. El mayordomo de Luca apareció con una bandeja de café, té y una gran variedad de repostería, sin dar la menor señal de sentirse incómodo al encontrar a una mujer en el dormitorio de su patrón.

Tina se ajustó la bata, aunque innecesariamente ya que el hombre evitó en todo momento posar sus ojos sobre ella. En su mente apareció la irritante idea de que no sería la primera vez que se repetía esa escena para él, pero no tenía sentido. El trato era por un mes y no podía importarle menos quién compartiera el lecho de Luca las demás noches del año.

—¿Desea la *signorina* algo más? —preguntó el hombre.

—Así está bien, gracias —contestó ella. Al parecer había sido ascendida a otra categoría y ya no era considerada como un gato callejero—. ¿Dónde está el *signore*? Luca, quiero decir.

—El señor Barbarigo —contestó el mayordomo—, está en su oficina, en el Banco Barbarigo.

—Por supuesto —asintió ella aunque su voz tuvo un involuntario tinte de desilusión.

Luca ya había conseguido lo que buscaba de ella y podía estar tranquilo porque no iba a marcharse a ninguna parte durante al menos un mes.

—¿Desea algo más?

—Pues en realidad sí —se apresuró Tina al ver que el mayordomo se disponía a marcharse—. No encuentro mi ropa —concluyó ruborizándose violentamente.

—¿La ropa que llevaba puesta anoche?

«Sí, la ropa que me dejé indecentemente esparcida por todo el suelo».

—Tampoco encuentro mi mochila —ella optó por no contestar a la pregunta.

El mayordomo la condujo hasta un vestidor adyacente. Allí, cuidadosamente doblada, estaba la ropa de la noche anterior.

—La ropa ha sido lavada y planchada. Desgraciadamente, el sujetador no pudo salvarse.

—¡No importa! —exclamó ella, mortificada al recordar cómo Luca había roto los tirantes.

–El resto de la ropa debería llegar en breve.

–Pero si no me dejé nada en casa de mi madre –Tina frunció el ceño.

–El *signore* ha ordenado una entrega para usted. Llegará en cualquier momento.

¿Una entrega? ¿Para sustituir al viejo sujetador? Era una molestia innecesaria, pensó mientras rebuscaba en la mochila después de que el mayordomo se hubiera marchado. Siempre llevaba uno de repuesto.

Media hora más tarde salió del cuarto de baño vestida con una falda corta floreada y un top de punto, y descubrió que el transportista había estado allí. En realidad debía haber hecho falta un equipo completo para entregar las prendas que abarrotaban el vestidor.

De los percheros colgaba ropa de toda clase y para cualquier ocasión, y muchos zapatos, un par por conjunto. En los cajones encontró prendas de lencería de toda clase y colores.

Y ella, que había pensado que Luca iría a sustituir el sujetador roto. Lo que había sustituido era el armario entero. Casi se le escapó una carcajada. Aquello era ridículo.

Por no decir innecesario y claramente insultante.

Salió del dormitorio y llamó al mayordomo. ¿Quién se había creído que era Luca Barbarigo?

Tina escribía un correo electrónico a su padre, en el viejo portátil cuya barra espaciadora funcionaba solo cuando le daba la gana, cuando las puertas del salón se abrieron. No le hizo falta volver la cabeza para saber que era él. Se lo anunció el vuelco del corazón y el escalofrío que recorrió su piel.

–¿Qué es eso?

–Intento hacer funcionar esta barra espaciadora. Se atasca continuamente –volvió a golpear la tecla y consiguió escribir unas cuantas palabras más antes de darse cuenta de que se estaba equivocando de teclas y que no había puesto nada coherente.

–Me refiero a qué llevas puesto.

La aclaración la tomó por sorpresa. Olvidó el correo electrónico y se volvió. De inmediato deseó no haberlo hecho. El oscuro traje de ejecutivo y la inmaculada camisa blanca le daban un aspecto poderoso. Y la sombra de barba transformaba ese poder en peligro.

–Una falda y un top –por un instante se preguntó si él la estaría imaginando con los vaqueros de la noche anterior. ¿Esperaba verla con ellos puestos de nuevo?–. ¿Por qué?

–¿Qué ha pasado con la ropa que encargué? ¿No ha llegado?

–Sí que llegó –Tina casi había olvidado la ropa. Se levantó de la silla y se apoyó contra la mesa. Sentada le resultaba demasiado alto e imponente para su gusto.

–Entonces, ¿por qué no llevas puesto nada de eso?

–¿Y quién te ha dicho que no lo llevo? –ella alzó la barbilla.

–Créeme, Valentina –bufó Luca–, se nota.

–¿Qué le pasa a mi ropa?

–Nada, si lo que pretendes es parecer una mochilera. Sube y cámbiate.

–¿Disculpa? ¿Desde cuándo me dices cómo debo vestir?

–Desde que accediste al trato.

–Yo nunca...

–Anoche expusiste tus condiciones, si no recuerdo mal. Y no dijiste nada sobre elegir tú misma la ropa. De modo que...

–No puedes obligarme...

–¿No puedo? He hecho una reserva para cenar dentro de una hora. En uno de los restaurantes más exclusivos de Venecia. ¿Pretendes acompañarme vestida con harapos?

–¿Cómo te atreves? –para ella no eran harapos. A lo mejor nada de lo que había en su armario costaba más de cincuenta dólares, y no llevaba etiquetas de grandes firmas, pero tampoco eran harapos–. Además, esa ropa que me hiciste llegar...

–¿Qué le sucede?

–Ordené que la devolvieran –Tina sonrió tímidamente.

–¿Qué has hecho?

–Ya me has oído. Ordené que la enviaran de vuelta. No la pedí, no la quiero.

–¡Aldo! –gritó Luca dirigiéndose a la puerta. El rugido atronó en todo el *palazzo*–. No me puedo creer que hayas hecho tamaña estupidez –exclamó volviéndose hacia ella.

–Y yo no me puedo creer que hayas encargado ropa para mí como si fuese una especie de muñeca a la que puedes vestir para jugar con ella.

–Vas a ir de mi brazo –Luca la miró muy tenso–. Tienes que encajar en el papel.

–En el papel de tu ramera. ¡De tu querida!

–Anoche no te oí quejarte cuando accediste al trato. En realidad, parecías más que dispuesta a abrirte de piernas ante mí.

El ruido de la sonora bofetada llenó la habitación. El picor resultante en la mano de Tina no fue más que un ejemplo de lo que debía sentir Luca.

–Tienes la irritante costumbre de abofetearme –Luca se frotó la mejilla.

–Qué casualidad. Tú tienes la irritante costumbre de provocarme.

–¿Lo dices porque llamo a las cosas por su nombre o porque te compro ropa e insisto en que te la pongas? La mayoría de las mujeres no protestaría. A la mayoría les encantaría.

–Yo no soy la mayoría de las mujeres, y no soy tu ramera. Accedí a acostarme contigo, sí, pero eso no significa que me apetezca ser paseada colgada de tu brazo como un trofeo.

–¿Qué esperabas, permanecer un mes encadenada a mi cama? Aunque debo admitir que la idea resulta de lo más atractiva, dado que tengo tu consentimiento para el acuerdo, no creo que sea necesario tomar medidas tan drásticas.

–Pues qué pena –espetó ella–. Yo pensaba que te resultaría de lo más estimulante.

–¿Por qué confinarte a mi cama cuando ya has mostrado tu gran espontaneidad?

Aldo tosió discretamente para anunciar su presencia. Tina deseó morir allí mismo mientras que Luca tenía el aspecto de quien estaba comentando el parte meteorológico.

–*Prego* –lo saludó Luca–. Estoy buscando la ropa que encargué, Aldo.

–Está abajo, en el estudio. Pensé que, dadas las circunstancias, lo mejor sería esperar.

–¿Qué? –a Tina se le pasó la sensación de vergüenza–. Le ordené que la devolviera. Me dijo que se ocuparía de ello.

–*Scusi* –Aldo inclinó la cabeza–. ¿Eso será todo?

–No –contestó Tina–, no lo es...

–Lo que Aldo quiere decir –la interrumpió Luca–, es que aquí las decisiones las tomo yo, no tú. *Grazie*

–añadió, volviéndose hacia su mayordomo–. Aldo, ¿serías tan amable de elegir algunos conjuntos para nuestra invitada? Al parecer la alta costura no es uno de sus puntos fuertes. Puede que necesite tu ayuda.

–No me apetece salir a cenar.

–Encuéntrale algo sexy, Aldo –continuó él como si ella no hubiera hablado–. Un vestido de cóctel estaría bien. Con tacones altos. Algo que marque su figura. Quiero que todos los hombres del restaurante babeen por ella y que cada mujer la odie por ello.

Aldo asintió y se marchó sin parecer siquiera mínimamente sorprendido por la petición.

–Y mientras todas esas personas me miran –Tina se mantuvo firme–, ¿tú qué harás?

–Me imaginaré el momento de regresar aquí contigo –Luca sonrió–, y arrancarte lo que sea que lleves puesto hasta que estés desnuda y abierta de piernas sobre mi cama.

Tina se estremeció ante las palabras de Luca cuya sonrisa se hizo más amplia.

–Y tú también lo harás –concluyó él.

Capítulo 7

C ÓMO podía una chica pensar con coherencia
después de algo así?

Tina siguió a Aldo por el pasillo deseando poder demostrarle a Luca que se equivocaba y de paso
borrar esa irritante sonrisa de su rostro, pero, por otro
lado no podía negar que había sentido un escalofrío de
anticipación al oír sus palabras. Más que amenaza había sido una promesa y se estremecía al pensar que la
deseaba de vuelta en su cama.

¿Estaba mal desear tener sexo con un hombre al que
odiabas y que te tenía retenida como pago de una deuda
de una tercera persona? Quizás esa no fuera la pregunta
acertada, pues esa pregunta conducía a más preguntas, y a
toda clase de respuestas en las que no le apetecía pensar.

Quizás lo más acertado sería preguntarse si estaba
mal desear un acto que sabías iba a destrozarte. Un acto
que su cuerpo deseaba con una intensidad nunca expe-
rimentada, un acto al que ya había accedido durante un
mes. ¿Qué sentido, pues, tenía hacer preguntas?

–Este –anunció Aldo, interrumpiendo sus pensamientos mientras le entregaba un vestido y se afanaba
en buscar los accesorios más adecuados.

Enseguida encontró lo que buscaba y, antes de darse
cuenta, Tina estaba de vuelta en el vestidor con la prenda
puesta. Una prenda que se le ajustaba como un guante.

Era un vestido de cóctel de satén color cobalto que

se ajustaba a su cuerpo sin que se viera ni una sola costura o arruga, a lo cual contribuía, sin duda, el hecho de que llevaba ropa interior de satén en lugar de sus habituales sujetadores de algodón. Y también porque parecía hecho para ella, pegándose a sus curvas como una caricia.

Aldo había conseguido encontrar unos pendientes que hacían juego. Eran de zafiro y diamantes. Capturaban la luz y se complementaban con el color del vestido. Un toque de maquillaje y un sencillo recogido de los cabellos fue su única aportación. Aun así, le sorprendió el resultado. El color del vestido conseguía un extraño efecto sobre sus ojos que habían pasado del ámbar al dorado.

–Estás impresionante –exclamó Luca al verla.

La voz gutural se abrió paso hasta los huesos de Tina que creyó en sus palabras. En los oscuros ojos se reflejaba el deseo y, al tomarla de la mano para ayudarla a entrar en el taxi acuático, sintió cómo la chispa de ese deseo encendía el suyo propio.

Debía estar loca, pensó, loca para sentirse como una colegiala. No se trataba del hombre con el que deseaba estar. Ya habían hecho el amor. En realidad no era más que una obligación. Treinta días y treinta noches en su cama. Un pacto con el diablo.

Saberlo, sin embargo, no calmó su pulso acelerado. No le sirvió de protección contra el magnetismo que desprendía ese hombre. La lógica parecía patéticamente irrelevante cuando el diablo se personificaba en Luca Barbarigo.

El taxi acuático avanzó lentamente por el Gran Canal y pasó ante algunos de los edificios más emblemáticos de Venecia, como la Plaza de San Marcos y el palacio del Dogo.

No estaba allí como turista, pero resultaba imposible resistirse al magnífico espectáculo.

¿Cómo podía alguien permanecer impasible ante tanta belleza? Y cuando Luca se volvió hacia ella y pudo contemplar su perfil, el festín para la vista no hizo más que aumentar.

Tenía unos rasgos primorosamente esculpidos que encajaban a la perfección en Venecia. Formaba parte de aquel lugar. Mientras absorbía toda esa belleza, una duda le asaltó:

¿Su hijo habría llegado a tener ese aspecto de mayor?

Un dolor agudo le atravesó el corazón hasta el punto de hacerle dar un respingo. Derramó una solitaria lágrima y tuvo que taparse la boca para que el dolor no escapara por ahí.

–¿Qué sucede? –preguntó él.

Ella se limitó a sacudir la cabeza mientras pensaba en su pequeño bebé.

Nacido demasiado pronto para sobrevivir. Nacido demasiado tarde para no ser amado.

Un hijo del que su padre no sabía nada.

–No pasa nada –mintió ella, consciente de que lo único bueno de la prematura muerte de su bebé había sido el alivio de no tener que ponerse en contacto con Luca para hablarle de su existencia. Ya no importaba, puesto que se suponía que no iba a volver a verlo jamás.

Sin embargo, allí en Venecia, iba a tener que compartir un mes con el padre de ese bebé. ¿Cómo podía estar segura de haber hecho lo correcto tres años atrás?

Qué estúpida había sido al pensar que resultaría tan sencillo. Pues el alivio se había transformado en culpabilidad, y la certeza en temor mientras el secreto que había intentado enterrar en su interior pendía sobre ella como una espada de Damocles.

¿Cómo iba a contarle la verdad sobre su hijo? ¿Por dónde empezar?

–Es por el movimiento del *vaporetto* –él, malinterpretó su malestar–. Ya ha pasado.

Ella asintió y sonrió tímidamente mientras se preguntaba si alguna vez pasaría.

Minutos después, el taxi acuático paró junto a un hotel en un canal lateral.

–¿Te encuentras mejor? –preguntó Luca mientras la ayudaba a bajar.

–Sí –y en efecto así era, aunque también le sorprendía la preocupación que manifestaba él.

No era algo que asociara con Luca. La arrogancia iba con el lote, la lujuria era de esperar, pero la preocupación no figuraba en la lista de atributos de Luca. Por otra parte, quizás lo único que le preocupaba era que no estuviera bien para participar en los jueguecitos nocturnos. Eso sí encajaba a la perfección.

–Mucho mejor –sonrió–. Gracias.

Entraron en el vestíbulo del hotel por una puerta coronada por un arco que se abría como la cueva de Alí Babá. Los techos, que descansaban sobre columnas de mármol rosa, estaban decorados con hojas doradas y una ancha escalera alfombrada de rojo ascendía hacia los cielos.

–Esto es impresionante –observó ella.

–Tú sí que lo eres –Luca le señaló a su alrededor–. Todo el mundo te está mirando.

–Si me miran es porque voy contigo.

–Es verdad que todos se preguntan quién serás

–asintió él mientras la conducía hacia la magnífica escalera–, pero a todas las mujeres en este hotel les gustaría tener tu aspecto.

–Es por el vestido –insistió Tina. Necesitaba cambiar de tema antes de empezar a creerle–. ¿Cómo supiste qué talla encargar?

–¿Te sorprende que un hombre como yo sepa qué talla utiliza su amante?

Tina se estremeció. ¿Amante? Eso resultaba demasiado íntimo. Lo suyo era un acuerdo comercial. Un trato. Intentó aparentar indiferencia.

–Es evidente que tienes mucha práctica.

–Es evidente –la sonrisa de Luca se amplió–. ¿Te importa?

–¿Por qué iba a importarme? Me da igual con quién te acuestes. Y no quiero saberlo.

–Por supuesto –asintió él–. Aunque quizás no sea tan experto como tú te crees. Aldo encontró tu ropa y leyó la talla en las etiquetas, a pesar de que apenas se distinguía nada.

En una misma frase le había recordado su comportamiento de la noche anterior y el hecho de que su ropa fuera vieja y desgastada.

El restaurante tenía una parte en el interior y otra en una amplia terraza. El tapizado de las sillas era de color rojo y los manteles de lino color crema. Las luces estaban estratégicamente situadas, así como los espejos. A su paso las cabezas se volvían, los hombres para saludar a Luca y las mujeres para devorarlo con la mirada y mirarla a ella de manera inquisitiva.

Salieron a la terraza por una puerta de cristal. Allí estaba la mesa reservada por Luca, en un rincón con unas vistas impresionantes de la bahía de San Marcos y el Golfo de Venecia. A sus pies, los turistas paseaban y disfrutaban de la templada noche de septiembre mientras los barcos iluminaban las aguas con sus luces.

Luca tomó asiento y sonrió. Las vistas desde la terraza eran espectaculares, pero aún más lo era la vista al otro lado de la mesa. No había mentido, Tina tenía un aspecto fabuloso. Había algo en el color de sus ojos de gata, y también en el color del vestido...

–¿Tienes hambre? –preguntó cuando les entregaron la carta. Él sí lo tenía, pero su hambre no tenía nada que ver con el estómago. Se moría por acariciarla.

La noche anterior se había quedado con ganas de más, y le hubiera apetecido una segunda ronda antes de irse a trabajar, pero ella dormía tan profundamente que decidió dejarla. La quería completamente despierta cuando le hiciera nuevamente el amor. Toda la noche.

Esa misma noche.

La idea era tan apetitosa como cualquiera de los platos ofertados en la carta que, de repente, le resultó excesivamente larga. Perdido el interés por la comida, se concentró en mirar a Tina.

–Un poco –contestó ella al fin levantando la vista sorprendida al fundirse sus miradas. De inmediato sintió evidentes dificultades para tragar–. ¿Hay algo que puedas recomendarme?

«Un montón», pensó él, pero si se refería a comida... Se concentró directamente en los platos principales, ansioso por acabar cuanto antes con la cena.

–El rape es excelente aquí, y también el conejo.

–Creo que probaré la carne de buey –replicó ella con un destello de desafío en la mirada.

–Una elección excelente –asintió él, pidiéndolo para ambos.

El vino, un *prosecco* espumoso, les fue servido en copas ribeteadas de oro.

–Brindemos –propuso él alzando la copa–. Por...
–hizo una pausa mientras ella alzaba una ceja expectante–. Por la anticipación.

La expresión de Tina no reflejó emoción alguna. Únicamente los ojos la traicionaron, revelando el mismo sentimiento.

–Por la anticipación –repitió ella.

Un único sorbo ya consiguió que se sintiera mareada. ¿Cómo no hacerlo? El decorado era sublime, las vistas mágicas y el hombre sentado frente a ella era, con diferencia, más apetecible que cualquiera de los platos del menú.

A pesar de sus sentimientos hacia él, no podía evitar que le gustara lo que veía y el efecto que producía en su cuerpo. Se deleitó en el calor que desprendía su propia piel, y el que reflejaban los oscuros ojos de Luca, visiblemente impaciente por que todo aquello terminara cuanto antes, a pesar de que había sido él quien había insistido en que salieran a cenar. Había algo en él que le indicaba que no tenía todas las cartas en la mano.

Cierto que ella había accedido al trato y que sería suya durante un mes, pero, ¿no se había dado cuenta de que al vestirla de ese modo, convirtiéndola en merecedora de su atención, le había entregado parte de su poder?

Solo tenía que interpretar su parte, nada difícil. A pesar de lo que pensara de Luca Barbarigo, no había nada malo en anticipar los placeres que le depararía la noche, o en anticipar el placer que le daría regresar a su casa en un mes.

–Ahora toca hablar de nimiedades –Luca interrumpió sus pensamientos–. Nos sentamos y conversamos como dos personas civilizadas a pesar de que a los dos nos gustaría estar en otro sitio haciendo otra cosa.

–Podríamos hablar del tiempo –sugirió ella–. Hace una noche espléndida.

–No me interesa el tiempo.

–¿No? Entonces hablemos de las vistas. Podrías señalarme los lugares de interés.

–Podría –Luca sacudió la cabeza–, pero resultaría muy aburrido. Preferiría hablar de ti. ¿Cuánto tiempo ha pasado desde aquella noche? ¿Dos años? ¿Más?

–En enero hará tres años –«aquella noche», qué manera tan apropiada de definirla.

–Cuánto tiempo –Luca bebió un sorbo de vino y estudió a Tina atentamente–. La pregunta es obligada: ¿qué has hecho todo este tiempo?

La pregunta era sencilla, pero, ¿cómo responderla con sencillez?

Curar la humillación.

Descubrir el embarazo.

Llorar la pérdida del bebé.

Odiar...

Tina tomó la copa y la observó detenidamente. Sin duda era de cristal de Murano, pero no recordaba haber visto ningún objeto tan sencillo o bello en la vasta colección de su madre. Siguió contemplando la copa para no tener que mirarlo a él, para no revelar lo mucho que le alteraba la sencilla pregunta.

–Sobre todo he estado trabajando en la propiedad de mi padre –lo importante era el «sobre todo». Lo que no estaba dispuesta a confesarle era que, durante los primeros meses, se había refugiado en el piso de una amiga, en Sídney, mientras su vida se desmoronaba.

–¿Qué clase de propiedad? Lily mencionó algo sobre lana...

–Sí –Tina disimuló la chispa de resentimiento surgida al mencionar el nombre de su madre–. Ovejas y algunos cultivos, sobre todo alfalfa –miró a su alrededor, a ese mundo acuático.

En la granja podían pasar años sin ver llover. Los embalses se secaban y las ovejas se volvían rojas por el polvo. Algunos niños habían llegado a pensar que era ese su color.

–No tiene nada que ver con esto –añadió.

–De modo que estás muy unida a tu padre.

–Por supuesto –ella se encogió de hombros–. Él me crio cuando Lily se marchó.

En cuanto a su madre, normalmente solo la había visto durante algunas vacaciones, y la visita solía coincidir con una boda. Antes de Eduardo había habido dos, un suizo, dueño de una escuela de esquí, y un jugador de polo argentino. Ninguno le había durado mucho.

Había conocido a Luca durante la boda de Lily con Eduardo. Por aquel entonces, tenía diecisiete años y ya se había dado cuenta de lo vacía y sin sentido que era la vida de su madre. Y por supuesto no iba a acostarse con el sobrino de Eduardo, aunque fuera el espécimen masculino más perfecto sobre el que hubiera posado sus ojos, y a pesar de que él había dejado bien claro que se sentía atraído por ella.

–No me imagino a Lily en una granja –observó Luca, devolviéndola al presente.

–Nunca deberían haberse casado. Ella seguramente pensaba que acabaría siendo la esposa de un rico granjero y que se pasaría el día jugando al tenis y bebiendo té.

–¿Pero no fue así?

–Ella odiaba aquello –Tina sacudió la cabeza–. Le echaba la culpa al calor y a las moscas. Se marchó cuando yo tenía seis meses. Hizo las maletas y dejó a Mitch con un bebé y un enorme agujero en el lugar en el que había estado el corazón.

–Parece –Luca se interrumpió como si buscara las palabras más adecuadas–, una unión desigual. Lily y alguien que trabaja la tierra...

–Creo que fueron sus diferencias las que les atrajeron. Ella era una auténtica dama inglesa de vacaciones en casa de su vieja tía. Él, el típico rudo australiano de pies a cabeza. Coincidieron en un acto benéfico y el deseo se desató por ambas partes –ella suspiró–. En circunstancias normales, aquello se habría terminado y habrían continuado sus vidas por separado, pero Lily se quedó embarazada de mí y se casaron. Una estupidez.

–¿No te parece bien?

–No creo que un embarazo sorpresa sea un buen motivo para casarse, ¿y tú?

El tono de voz había sonado un poco estridente, como si exigiera que estuviera de acuerdo con ella. Pero Luca se limitó a encogerse de hombros.

–Soy italiano. Para nosotros la familia es importante. ¿Quién sabe qué es lo correcto o no?

–Yo –contestó Tina, consciente de que si él supiera, su opinión sería diferente–. He crecido sabiendo que el matrimonio es algo fútil, un desastre de principio a fin. Jamás le haría algo así a un hijo mío. Puede que sea hija de Lily, pero yo no soy Lily.

–Y aun así, aquí estás, solucionando sus problemas.

–No lo estoy haciendo por Lily –siseó ella–. Amenazaste con meter a mi padre en el asunto y por nada en el mundo voy a consentir que sufra la pesadilla de Lily. Se ha ganado cada céntimo que tiene con su trabajo y no permitiré que lo pierda por culpa de ella.

El estallido la dejó sin aliento y furiosa, pero también contenta por haberle recordado por qué odiaba a Luca, quien creía poder manipular a las personas a su antojo para obtener lo que quería de ellas.

–¿Eres consciente de cómo te brillan los ojos cuando te enfadas? –preguntó Luca–. ¿Nunca te han dicho que parecen llamas?

Tina respiró hondo, aturdida por el cambio de tema, pero sobre todo porque había esperado una respuesta airada por parte de Luca. Pero la tranquila disquisición sobre el color de sus ojos le había desarmado.

–Es que estaba enfadada –le explicó ella sintiéndose incómoda–. Sigo estándolo.

–Pero no es solo cuando te enfadas –continuó él mientras el camarero les servía la comida–. Anoche, cuando llegaste a mi casa también brillaban así. Esta noche tengo ganas de verlos brillar de nuevo para mí.

Tina no estaba segura de cómo proceder después de aquello. La comida quedó envuelta en una espesa bruma. Se comió toda la carne, pero no recodaría después su sabor. Recordaba haber hablado con Luca, pero cinco minutos después había olvidado sus palabras. Todo su ser estaba centrado en las sensaciones que él le provocaba, y en la consciencia de lo que llegaría después.

Luca tenía una sonrisa deliciosa. Los carnosos labios se estiraban hasta revelar unos blanquísimos dientes. Con satisfacción comprobó que no eran perfectos, pero la pequeña imperfección le confería una naturaleza más real y ello a su vez le hacía más perfecto.

Durante un instante infinitesimal podría imaginarse... ¡No!

Tina se obligó a reaccionar con un trago de agua. Nada de imaginaciones.

Pero sí habría noches. Treinta noches.

Su cuerpo vibraba mientras se saltaban el postre para pasar directamente al café.

La anticipación alcanzó cotas febriles en sus venas

y las espectaculares vistas quedaron anuladas ante la promesa del placer.

–Hora de irse –anunció Luca al fin.

No había necesidad de añadir nada más. Luca la condujo por el restaurante con la mano apoyada en la parte baja de la espalda y ella solo fue consciente de ese roce.

No se pararon ni una sola vez, a pesar de las miradas que se dirigieron hacia ellos, de las personas que intentaban saludar a Luca y que fueron sistemáticamente ignoradas por este.

«Esto es debido a mí», se dijo Tina. «Está evitando a todo el mundo por mí». Y esa sensación resultaba embriagadora, otorgándole un gran poder.

Y la sensación de poder era aún mayor porque le había perdonado la deuda a cambio del placer de su compañía.

¿Por qué ella? Si bien su madre debía una gran cantidad de dinero a Luca, no era menos cierto que había muchas mujeres más que dispuestas a ocupar la cama de ese hombre el tiempo que fuera necesario sin sacrificar ni un céntimo de la deuda de su madre. ¿Por qué la deseaba a ella? ¿De qué iba ese juego?

En el taxi, Luca sugirió que se instalaran fuera y, tomándole la mano, la condujo hasta la cubierta posterior.

–Tienes el ceño fruncido –observó abrazándola por detrás.

–Seguramente porque no te entiendo –Tina se puso rígida.

–¿Y qué te cuesta tanto entender?

–Por qué me deseas.

–Soy un hombre al que le gustan las mujeres –contestó Luca girándola para poder mirarla a los ojos–. Eres toda una mujer. ¿Por qué no iba a desearte? –se inclinó ligeramente acercando los labios a su boca.

–No lo hagas. No me beses –Tina sintió pánico.

Solo se besaban las personas que se gustaban, las personas enamoradas.

–¿Por qué no?

«Porque los besos son peligrosos». Una podía perderse en un beso, y ella no quería perderse con Luca Barbarigo.

–Porque te odio y no creo que yo te guste especialmente. Me parece demasiado falso.

–¿Y el sexo no?

–No cuando se trata solo de sexo.

–Solo sexo, ¿eso te pareció que tuvimos anoche? ¿Solo sexo?

–¿Cómo lo llamarías tú?

–Desquiciante. Espectacular. Seguramente del mejor que he tenido.

Tina se quedó sin aliento y buscó en el rostro de Luca alguna señal de que bromeara. Para ella desde luego había sido así, pero ¿para él también? Ya fuera por la repentina aceleración del taxi al entrar en el canal principal, o porque no hizo nada para impedírselo, sus labios se acercaron tanto que se rozaron. Todo el aire abandonó sus pulmones dejando un vacío que solo él podía llenar.

Y Luca llenó el vacío con la firme presión de su boca. Lo llenó con su sabor.

Café, vino y calor se mezclaron en un cóctel que hizo que le temblaran las rodillas. Si se mantenía de pie era únicamente gracias a los fuertes brazos que la rodeaban. Los labios de Luca eran mágicos y ella se sintió con todo el derecho a preocuparse, porque no solo podría perderse en un beso así, podría ahogarse en él.

Entre ambos no había nada más que seda y algodón, y la convicción de que cuando se unieran, sería explosivo.

Las manos de Luca se deslizaban por su cuerpo, aca-
riciándola, exigiéndole.

Le entregaba su alma, le exigía la suya. Pero ella no
podía desprenderse de su alma.

Tina apartó el rostro y empujó a Luca, decidida a hacerle saber, mientras aún pudiera, que no permitiría que
le afectara.

—Ojalá no hubieras hecho eso – cuando Luca la soltó,
ella se aferró a la barandilla.

—¿En serio?

—¡Pues claro! Porque esto no tiene sentido. Podrías
elegir a cualquier mujer de Venecia, de cualquier parte
del mundo, y no necesitarías chantajearla para que se
acostara contigo.

—Pero yo no deseo a ninguna otra mujer –le aseguró
él arrancándola de la barandilla y volviendo a tomarla
en sus brazos–. Te quiero solo a ti.

—Qué suerte tengo.

—¿Habrías acudido a mí si no te hubiera chantajeado
para que te acostaras conmigo?

—No –contestó ella–. No hubiera acudido a ti aunque
fueras el único hombre en el mundo.

—Pues ahí lo tienes –Luca le dedicó otra de sus mor-
tíferas sonrisas–. No tienes elección. El que no me de-
sees hace que hacerte mía me resulte aún más atractivo.

Capítulo 8

LA IRA estaba muy bien. Era manejable y moldeable hasta adquirir la forma de algo que podía arrojar contra él, algo forjado con el odio, no una ridícula sumisión.

La ira daba color al deseo y lo convertía en un arma. La ira daba forma a la pasión y la convertía en algo mucho más peligroso, mucho más letal.

Y cuando el taxi paró frente al *palazzo*, Tina ya no se sentía temerosa o vulnerable.

Se sentía más fuerte de lo que había sido jamás. Había sobrevivido a su beso, sufrido sus burlas, y si pensaba que iba a disponer de ella a su antojo, estaba muy equivocado.

Porque se aseguraría de tomar más de lo que iba a darle. No había razón para temer a Luca Barbarigo.

Aldo los saludó junto a la puerta del canal y se esfumó discretamente mientras Luca la guiaba escaleras arriba. Cada roce de la mano sobre su espalda era como un canto de sirenas. Cada susurro de su presencia, una caricia y una maldición.

Ni siquiera importaba que no comprendiera a qué estaba jugando Luca. Porque tenía muy claro qué se esperaba de ella al final de la escalera.

Y esa era la parte fácil del trato.

No era más que sexo. Lo único que tenía que hacer era desnudarse y meterse en la cama con él.

La cena había resultado interminable. Luca había querido que los vieran para que pudieran hacerle fotos a su acompañante. Pero, aun así, había durado demasiado tiempo, máxime cuando lo único en lo que podía pensar era en acostarse con ella. Pero había sido un mal necesario.

No tardarían mucho en descubrir quién era.

La hija de la viuda de su tío.

En poco tiempo aparecerían artículos en la prensa y las revistas. En poco tiempo el mundo sabría que se había instalado en el *palazzo* y que eran pareja.

Unas cuantas citas más y empezarían las especulaciones y las apuestas sobre una boda.

Y ella empezaría a creérselo. Empezaría a creer en el cuento de hadas.

Y se volvería vulnerable.

Se fundiría como la cera en sus brazos.

Sería suya.

Lo había dejado claro la noche anterior con el numerito del desnudo. Lo había dejado claro con la sorpresa reflejada en su rostro ante la violencia de su propio orgasmo.

Pronto se olvidaría de odiarlo y empezaría a creer en los sueños.

Y entonces la hundiría.

Pero eso sería lo último. Primero iba a disfrutar de unos cuantos placeres carnales.

Las luces del dormitorio eran tenues y la temperatura suave. Luca sonrió y cerró la puerta tras ella observando el seductor vaivén de las caderas mientras caminaba. Le gustaba cómo le quedaba ese vestido. Una lástima tener que destrozarlo.

Claro que...

–¿Adónde vas?

–Al vestidor –ella volvió la cabeza–. Supongo que querrás que me desnude.

–¿Cómo? ¿No va a haber un numerito de strip-tease? –preguntó él mientras se desabrochaba la camisa.

Tina parpadeó y lo miró con frialdad antes de iniciar un movimiento de retirada.

–Ven aquí.

–Yo no recibo órdenes de ti.

–Ven aquí –insistió Luca con voz acerada.

–¿Para qué? ¿Para que puedas arrancarme el vestido como el cavernícola que en realidad eres bajo esos bonitos trajes de diseño? A mí no me engañas, Luca.

–Quizás deberías venir aquí y comprobarlo.

Ella lo taladró con la mirada y el fuego fue directo a la entrepierna de Luca.

–Me gusta este vestido. No quiero que lo destroces.

–Pues da la casualidad de que a mí también me gusta. Quizás solo quiera deleitarme quitándotelo yo mismo.

–De acuerdo –contestó ella secamente–, como tú quieras –el tono de voz tenía un tinte ronco que evidenciaba que no controlaba la situación tanto como pretendía fingir.

Tina se acercó a él y le dio la espalda para facilitarle el acceso a la cremallera. Pero, en lugar de bajársela, Luca la sujetó por los hombros y le besó el cuello, arrancándole un respingo. El respingo era su recompensa. El temblor su venganza.

–¿Lo ves? –murmuró contra su cuello–. Hasta los cavernícolas saben ser amables.

Deslizó las manos por sus brazos, deleitándose en la sensación antes de volver a ascender hacia los hombros. Había mucho terreno para disfrutar. La noche anterior habían tenido mucha prisa y se habían perdido muchas cosas.

Al fin empezó a bajarle la cremallera, lentamente. Otro involuntario respingo escapó de los labios de su compañera de juegos y la tentación de deslizar las manos bajo el vestido fue casi demasiado fuerte.

Pero no lo hizo. Le dio la vuelta y sujetó el bonito rostro entre las manos ahuecadas. Tina tenía los labios entreabiertos y respiraba aceleradamente. Los ojos color ámbar reflejaban confusión. También resentimiento e ira, con un toque de vulnerabilidad.

–¿Dónde está el cavernícola ahora, Valentina? –preguntó él sin apartar la vista de esos labios que le suplicaban ser besados.

No sería él quien la decepcionara. Inclinando la cabeza rozó los labios con su boca.

No era más que sexo, se dijo Tina. Solo sexo. Esos besos no significaban nada, la ternura no significaba nada.

Entonces, ¿por qué eran tan buenas las sensaciones?

Los labios de Luca seguían tocando una dulce melodía sobre su boca. Una sinfonía cuyo ritmo aumentaba y disminuía constantemente.

Las fuertes manos se deslizaron por su cuello y ella sintió resbalarse los tirantes de seda por sus hombros antes de que el vestido cayera al suelo. El aire de la habitación se enfrió acariciando los desnudos pechos, y los pezones se tensaron.

Luca deslizó las manos hasta el trasero y la atrajo hacia sí.

Tina lo sintió, duro y grande contra su estómago. Sintió la dolorosa necesidad en su núcleo más íntimo y sus dedos, movidos por puro instinto e incapaces de resistir la tentación, se cerraron en torno a la rígida columna.

Luca respiró con dificultad mientras la tomaba en brazos y, de tres largas zancadas, llegaba a la cama y la tumbaba sobre el colchón. Jadeando como si acabara de correr la maratón, se detuvo para contemplar el cuerpo, desnudo salvo por la ropa interior, los zapatos de tacón y unos pendientes. Apresuradamente empezó a quitarse la ropa.

Tina no podía apartar los ojos de él, de ese cuerpo perfectamente esculpido, de la enorme erección. Solo con mirarlo su cuerpo ardía y dolía de deseo.

Él se arrodilló sobre la cama y le quitó los zapatos antes de besarle la planta de los pies y deslizar las manos por las piernas hasta las braguitas de seda que le quitó suavemente arrojándolas por encima de su hombro.

–¿Te han dicho alguna vez que los zafiros te sientan muy bien? –susurró con voz ronca.

Tina estuvo segura de no haberlo olvidado si alguien le hubiera dicho tal cosa, pero ese no era el momento de rebuscar entre los recuerdos, no era el momento para nada que hubiera sucedido en el pasado. Solo era el momento para el presente.

Luca se agachó sobre ella y empezó a describir círculos con la lengua alrededor de un pezón mientras con la mano le acariciaba todo el cuerpo. Y bebió su esencia hasta que la encontró más líquida que sólida.

Tina se estremeció y su deseo aumentó como un torbellino girando enloquecido mientras él depositaba ardientes besos sobre su estómago, mientras le separaba las piernas y colocaba la cabeza entre los muslos.

El primer contacto con la lengua fue eléctrico y le hizo despegar del colchón. Tina gritó algo incomprensible, sin sentido, un reflejo de la exquisita agonía que provocaba la ardiente lengua sobre el sensible núcleo. Se hundía cada vez más en el torbellino, perdía el sentido. Su mundo se redujo a una pura sensación.

Estaba perdida, a la deriva. Y aun así, no le bastaba. Necesitaba más.

–Dime que me deseas –murmuró él percibiendo su desasosiego.

–Te odio –la cabeza de Tina colisionó contra la almohada.

Luca le atrapó el botón entre los labios y succionó con más fuerza.

–Dime que me deseas.

–Te deseo –confesó ella al fin mientras Luca seguía haciendo magia con su boca y la tormenta que se desataba dentro de ella se volvía cada vez más intensa.

–¡Te deseo ahora!

Luca apartó la boca y ella tuvo un instante de alivio, de pérdida, antes de sentirlo entrar.

Fue lo que necesitó para soltar el tenso muelle y salir disparada. Y mientras él la llenaba, la colmaba, explotó.

–Deberías odiarme más a menudo –bromeó él mientras Tina regresaba lentamente, su cuerpo húmedo, ardiente y aún vibrando en los rincones más íntimos.

–Lo hago –contestó ella apenas sin aliento. Lo odiaba por su habilidad para hacerle esas cosas, por incendiarla con sus hábiles manos, con sus hábiles labios.

–Me alegro –contestó él sin dejar de moverse dentro de ella, arrancándole un gemido al comprender que seguía excitado–. No dejes de odiarme.

En eso no tendría problema. Pero no hubo tiempo para decírselo, para recuperar el aliento. Luca se echó hacia atrás y, en un hábil movimiento le dio la vuelta. Antes de que Tina comprendiera lo que estaba sucediendo, se hundió profundamente dentro de ella.

La sorpresa la dejó sin habla, no solo por la repentina maniobra si no también por descubrir músculos hasta entonces desperdiciados que se tensaban y celebraban la oportunidad de poder jugar.

Las fuertes manos le sujetaron las caderas mientras él se retiraba. Y ella odió que se retirara casi tanto como lo odiaba a él.

Quizás más.

Luca se tomó su tiempo para regresar, un angustioso milímetro tras otro hasta que ella creyó que iba a volverse loca, hasta que él se acomodó profundamente en su interior.

Tina suspiró ante la exquisita plenitud. La sensación era maravillosa.

Y al moverse dentro de ella fue aún mejor. Luca inició un lento baile, invitándola a seguir su ritmo, llevándola con él. Las manos se volvieron ansiosas, acariciándole la espalda, los pechos, el sensible núcleo. Estaban por todas partes. Estaba dentro de ella. La poseía.

El ritmo aumentó, los cuerpos chocaban con cada embestida. La tensión era mucho más fuerte que antes y ella se encontró al borde del precipicio.

Luca hizo una pausa y Tina oyó una especie de gemido desesperado que, comprendió, surgía de su propia garganta.

Y entonces llegó el turno de Luca que soltó un grito de triunfo y dolor mientras se lanzaba una última y desesperada vez dentro de ella y la enviaba a ese lugar donde el odio se unía con el deseo en una bola de fuego que la consumía.

Y saltó por el precipicio tras ella, bombeando su liberación y atrapándola para cabalgar juntos sobre la ola.

«Te odio», pensó ella mientras él se derrumbaba a su lado y la atraía hacia sí.

«Te odio», pensó mientras una lágrima rodaba por su mejilla. «Necesito poder odiarte».

Pero después de lo que acababa de suceder, ese sentimiento se le antojó vacío.

Capítulo 9

LUCA no recordaba la última vez que había dormido hasta tarde. Se había despertado temprano y Tina también se había desvelado, cálida y suave en sus brazos. Había sido inevitable que volvieran a hacer el amor.

Pero en lugar de levantarse inmediatamente después, tal y como había planeado, se había vuelto a quedar dormido. De no haberlo despertado Aldo, aún seguiría durmiendo.

–¿Qué hora es? –preguntó al mayordomo que entraba en la habitación con el desayuno.

A su lado, Valentina se movió, tumbada boca abajo y con los cabellos revueltos, testimonio de la noche que habían pasado juntos. ¿Cuántas veces habían hecho el amor? ¿Cuatro o cinco? Había perdido la cuenta.

–Las diez –contestó Aldo–. No quería molestarle, pero *signore* Cressini llamó.

–¿Matteo ha llamado? –preguntó Luca mientras se ponía un batín.

–Dijo que era importante –asintió el otro hombre abandonando la habitación mientras Valentina despertaba.

–Umm, café –murmuró antes de dejar caer de nuevo la cabeza sobre la almohada ante la sonrisa de Luca que sirvió dos tazas de café mientras se preguntaba qué querría su primo.

Cierto que le debía una llamada. A fin de cuentas había puesto fin a los hábitos consumistas de su mejor cliente. Matteo, sin duda, querría una explicación.

Alargó la mano hacia el teléfono antes de pensárselo mejor. Llegaba tarde a la oficina, aunque tampoco había nada urgente. En esos momentos el brillante sol otoñal entraba a raudales por la ventana, pero en unos días las nubes del invierno lo cubrirían todo y Venecia se convertiría en un mundo acuático bajo la lluvia.

A lo mejor debería tomarse un poco de tiempo libre mientras su invitada aún estuviera allí. Una visita a la isla de Murano no debería llevarles mucho tiempo y sería una oportunidad para ser vistos y que les hicieran fotos juntos. Después, comerían y disfrutarían de una siesta. No era español, pero le gustaban muchos aspectos de esa costumbre, como hacer el amor a media tarde. Así alargaría un poco más las treinta noches.

Pero no lo harían si Tina se las pasaba durmiendo. Tiró de las sábanas y le propinó un cachete en el trasero.

—Despierta, Bella Durmiente, tengo planes para ti.

A Valentina no le volvía precisamente loca la idea de visitar Murano y la fábrica de cristal del primo de Luca. Ese cristal había fomentado la adicción de su madre y no era algo que le fascinara. Ya había visto bastante cristal en casa de Lily para toda una vida. Y no le apetecía que le recordaran cómo su madre había sido manipulada por dos de los mejores profesionales del negocio que habían alimentado su compulsión.

¿Quién mejor para colmar la adicción al cristal de una mujer que un financiero deseoso de robarle la casa y su primo, el hombre que suministraba el material?

Lo que más le preocupaba, reflexionó mientras se recogía los cabellos y aplicaba un toque de brillo a los labios, era pasar tiempo con Luca. Una cosa era compartir su cama, tal y como habían acordado, y otra compartir sus días. Necesitaba tiempo para ella sola. Tiempo para pensar, para recomponerse.

Tiempo para poner en perspectiva el sexo que habían practicado, encerrarlo en una cajita y colgarle la etiqueta de «sin sentido», guardándola bajo la cama hasta la noche siguiente.

Le estaba resultando más difícil de lo esperado separar al Luca apasionado del odiado.

Necesitaba cerrar esa cajita.

¿Por qué había insistido Luca en la visita? ¿Para regodearse aún más llevándola al lugar del crimen? Sin duda ya debería saber lo poco que le importaba la estupidez de su madre.

Pero ante su insistencia había terminado por ablandarse. Además, hacía un precioso día soleado y había descubierto en el vestidor un bonito vestido estampado con flores que se moría por ponerse. ¿Por qué no invertir parte del tiempo en Venecia a hacer turismo?

Si Luca era capaz de soportar su compañía a plena luz del día, ella también.

¿De qué tenía miedo? ¿De que una vez terminado todo descubriera que le gustaba ese hombre? No había peligro de que sucediera tal cosa, no después de lo que le había hecho.

Cuando ya estuvo lista para partir descubrió que Luca estaba en el estudio haciendo unas llamadas, de modo que se sentó en una silla con el portátil e intentó terminar el correo que quería mandar a su padre. Seguramente se estaría preguntando qué estaba sucediendo allí y cuándo iba a regresar su hija a casa. Iba a tener que ser cuidadosa con las palabras elegidas para que el hombre no cruzara medio mundo, escopeta en ristre, para salvar a su niña de las garras del malvado Luca.

Sonriendo ante la escena que acababa de imaginarse, golpeó con fuerza la barra espaciadora. No se imaginaba a su padre en Venecia, una ciudad prácticamente sumergida en el agua. Siendo niña, la había llevado en una ocasión a la playa y Mitch no había dejado de contemplar el mar durante días mientras murmuraba, «cuánta agua».

–Dan ganas de comerte.

A Valentina se le secó la boca. La tapa de la cajita se abrió y los recuerdos se esparcieron libremente.

¿Estaba Luca pensando también en la noche anterior?

–No te oí entrar –balbuceó mientras se tomaba su tiempo para apagar el portátil, esperando que el rubor abandonara sus mejillas.

–No me sorprende con el ruido que haces golpeando ese ordenador.

–Para lo que yo lo necesito me sirve... casi siempre –contestó ella dejando el portátil a un lado–. Simplemente ha tenido mejores días.

–Lo que ha tenido son mejores siglos.

–Está bien –insistió Tina, aunque reconocía que pesaba una tonelada y que no le servía más que para enviar algún correo electrónico de vez en cuando.

–El chófer ha llegado.

Dejaron atrás los canales abarrotados y el conductor aceleró la embarcación.

Luca le ofreció sentarse dentro, pero ella lo rechazó. La sensación del viento en sus cabellos era maravillosa. La imagen de Venecia desde el agua era mágica, como un espejismo de edificios que se alzaban donde no debería haber más que agua.

Y sin embargo no era ningún espejismo. La ciudad era real, como lo era el hombre de pie a su lado. Impresionantemente real, despiadado, desaprensivo. Si acaso el espejismo era el juego al que estaban jugando, fingiendo ser amantes.

La noche anterior Luca le había confesado que la deseaba tanto que había utilizado las deudas de su madre para chantajearla. Después, una vez desatadas las pasiones, aquello le había resultado casi razonable. Sin embargo, la luz del día demandaba otra explicación. Ella no era tan especial. ¿Qué estaba sucediendo allí?

–¿Por qué estoy aquí? –le preguntó–. Y esta vez dime la verdad.

–¿No quieres ver Murano? –Luca ocultaba la expresión de sus ojos tras las gafas de sol.

–No –contestó ella secamente mientras se preguntaba si Luca fingía no entender la pregunta–. Pero no me refería a eso.

–Mira, ya llegamos –la interrumpió él señalando al frente.

La barca ralentizó la marcha y pararon en un pequeño muelle donde aguardaba un hombre que les saludó con una mano. No había duda sobre su identidad. Los dos primos podrían haberse hecho pasar por hermanos.

–Matteo –saludó Luca saltando al muelle y abrazando a su primo antes de tenderle una mano a Tina para ayudarla a bajar.

–Te presento a Valentina Henderson, la hija de Lily.

–No cabe duda, eres la hija de Lily –Matteo sonrió y la saludó con dos besos en las mejillas–, aunque mucho más hermosa. ¿Compartes la pasión de tu madre por el cristal?

–No –contestó ella, ignorando el cumplido y deseosa

de quitarle a ese hombre de la cabeza cualquier esperanza de haberse ganado un nuevo cliente–. No me interesa en absoluto.

–Valentina tiene... –Luca la miró y sonrió–, otras pasiones. ¿Verdad, Valentina?

Algún día conseguiría dejar de sonrojarse, se juró ella en silencio, pero eso sería otro día.

–Seguidme –les animó Matteo, visiblemente encantado con la broma de su primo–, veamos si podemos hacerle cambiar de idea.

Tina estaba dispuesta a no ceder. Entraron en un enorme taller donde trabajaban varios hombres. Lo primero que le llamó la atención fueron las lámparas que pendían del techo, magníficos e incongruentes ejemplos de las habilidades de los artesanos.

Allí era donde se había inspirado su madre para reunir su disparatada colección.

–Si me disculpas –se excusó Luca–, tengo que hablar con mi primo. ¿Te importaría esperar aquí unos minutos? El espectáculo está a punto de empezar. Te gustará.

Tina alzó las cejas perpleja. ¿Había un espectáculo? Al menos descansaría un rato de la constante presencia de Luca a su lado, podría respirar un aire que no estuviera contaminado con su olor. De modo que se dejó llevar a una zona ocupada por sillas, algunas de las cuales ya estaban ocupadas por parejas y grupos familiares. En la primera fila había algún asiento libre y, en cuanto se sentó, deseó no haberlo hecho.

En el suelo, a sus pies, había un bebé gateando. Su madre daba el pecho a otro bebé sentada junto al padre. El pequeño miró a Tina con ojos enormes y la boca abierta.

«Sería más o menos de su misma edad», reflexionó

ella sintiendo un nudo en el estómago. Su hijo habría tenido la misma edad que esa criatura.

Desvió la mirada y pensó en marcharse. Las palmas de las manos le sudaban copiosamente, pero los oscuros ojos la atraían como un imán.

Ojos oscuros. Largas pestañas.

Había llegado a ver los ojos de su bebé. También habían sido oscuros.

El niño miró a su madre, ocupada con el bebé, antes de devolver su atención a Tina.

Valentina sonrió tímidamente e intentó ignorar la congoja instalada en su estómago, intentando no hacerse más daño pensando en su bebé. Pero le resultó imposible.

Su hijo tendría en esos momentos dos años. Estaría lleno de vida, de curiosidad, explorando su mundo desafiante.

Ese pequeño era todo eso y más. Una criatura hermosa que la miraba con expresión inquisitiva, tan distraído que el osito de peluche se le escapó de entre los dedos.

Sin pensárselo dos veces, Tina se agachó y lo recogió del suelo, contemplándolo durante un rato hasta darse cuenta de que el pequeño aullaba furioso agitando los brazos con los puñitos cerrados.

Ella le devolvió el osito y el pequeño se lo agradeció con una enorme sonrisa mientras apretaba con fuerza el juguete contra el pecho.

Una sonrisa que casi le partió el corazón.

Apartó la mirada de esa criatura que le despertaba tantos recuerdos, una criatura que no era suya.

De un dolor en su pecho que jamás le permitiría olvidar.

Los ojos le ardían por las lágrimas y levantó la vista

hacia el techo del que colgaban las lámparas, desvergonzadamente, burlándose de ella. Y deseó no haber ido a ese lugar.

Una exclamación escapó del grupo y Tina se volvió a tiempo de ver trabajar al artesano que giraba la pasta incandescente suspendida del extremo de un largo palo.

Se inició una danza de fuego, calor y aire. La arena transformada en cristal derretido giraba en torno al palo, enfriándose lo justo para poder cortarse y retorcerse.

Tina contemplaba el espectáculo esforzándose por no sentirse impresionada y alegrándose de encontrar una distracción en los pies descalzos del artesano. Cristal fundido y pies descalzos, pensó horrorizada, aunque contenta de distraerse del pequeño que lo miraba todo boquiabierto, sentado sobre las rodillas de su padre.

Y de repente empezó a comprender la intención del artesano. Apareció una pata, dos, seguidas de una redondez y de dos patas más. Un rápido giro hizo que surgiera un cuello. Las manos del artesano trabajaban casi frenéticas para que no se le enfriara el cristal.

Tina soltó una exclamación al contemplar la figura que había quedado apoyada sobre una mesa. Era un caballo en equilibrio sobre las patas traseras, la boca abierta. Estaba vivo.

Aplaudió más fuerte que nadie y, cuando la figura se enfrió, el artesano se la ofreció.

—Para la hermosa *signorina* —el hombre hizo una reverencia.

—Es mágico —susurró ella mientras sujetaba la figurita entre las manos y pestañeaba con fuerza para contener unas inoportunas lágrimas—. Es usted un verdadero artista.

El artesano se despidió con una reverencia y regresó a su puesto de trabajo.

–Acéptelo, por favor –Tina se volvió hacia la familia sentada a su lado y le entregó el caballo a la madre–. Para su hijo, para que tenga un recuerdo de este día. «Para la pequeña criatura que jamás podría recibir su regalo».

La mujer le dio las gracias y sonrió. El rostro del marido resplandecía y el pequeño la miraba con sus hermosos ojos oscuros.

Tina ya no pudo quedarse allí ni un segundo más y huyó, fingiendo interés por una vitrina repleta de tarros con arena de colores. Dándole la espalda a la familia, intentó no llorar.

–¿Ha disfrutado el espectáculo? –preguntó Matteo a sus espaldas–. ¿Le gustó el regalo?

Valentina tuvo que respirar hondo antes de darse la vuelta y enfrentarse a ellos. Especialmente a ellos dos. Consiguió producir una sonrisa que esperó resultara convincente.

–Se lo ha dado al niño –contestó el artesano antes de que ella pudiera contestar.

–Ya te dije que no le gusta el cristal –Luca soltó una carcajada.

Su primo se encogió de hombros y desvió su atención hacia una mujer que había aparecido por una puerta con un enorme ramo de flores. Matteo tomó el ramo en sus manos y le agradeció a la mujer que se hubiera acordado.

–Gracias por llevárselas –Matteo le entregó el ramo a Luca–. Dile que pronto iré a visitarla.

Tras los consabidos besos de despedida, Matteo se marchó y el barco zarpó.

–¿Para quién son esas flores? –preguntó ella con curiosidad.

–Son para la madre de Matteo –contestó Luca con

la mandíbula tensa–. Hoy es su cumpleaños, pero mi primo debe llevar a su hija al médico y no podrá ir a verla.

–¿Dónde vive?

–Ahí –contestó él señalando una isla rodeada de un muro.

–Pero eso es... –Tina se estremeció.

–Sí –asintió Luca–. Isola di San Michele. La isla de los muertos.

Capítulo 10

EL MURO de ladrillo se hacía más grande a medida que la barca se acercaba. Unos muros oscuros en los que se abría una entrada con tres puertas de hierro.

Detrás de los muros se vislumbraban las copas de los cipreses y pinos.

–Ya habías estado antes aquí –observó Luca mientras la embarcación se detenía.

–No. Nunca –ella sacudió la cabeza.

–Es verdad, ya lo recuerdo –él frunció el ceño–. No viniste al entierro de Eduardo.

–No conseguí llegar a tiempo –Tina se defendió del tono acusatorio en la voz de Luca–. Mi avión sufrió una avería en el motor y tuvo que regresar a Sídney. Para cuando llegué, ya se había celebrado el entierro. No tuve la oportunidad de presentarle mis respetos.

–Pues ahora podrás hacerlo –Luca la estudió, como si intentara averiguar si le decía la verdad–. O puedes esperar en la barca. A algunas personas no les gustan los cementerios.

–No –se apresuró ella. No se le ocurría nada peor que tener que esperar en la barca–. Si no te importa, prefiero acompañarte. Me gustaba Eduardo. Quiero presentarle mis respetos.

–Tú decides –contestó él encogiéndose de hombros.

Una vez dentro del recinto, a Tina le sorprendió la serenidad que se respiraba en aquel lugar. Los únicos sonidos que se oían eran los cantos de los pájaros y el ruido de las pisadas sobre la grava. Algunas personas se ocupaban de las tumbas de sus seres queridos o simplemente estaban sentadas a la sombra, perdidas en sus pensamientos.

Luca la guió entre tumbas decoradas con estatuas de querubines y flores recién cortadas llenando aquel lugar de colorido.

Portaba el ramo de su primo casi con reverencia. Las flores contribuían a acentuar la sobrecogedora masculinidad que exudaba. Y, sin embargo, las enormes manos sujetaban el ramo con extrema dulzura.

Como si sujetara a un bebé.

¿Qué habría sucedido de haber sobrevivido su hijo, si no hubiera nacido demasiado prematuro para salvarse? A Luca no le habría gustado saber que su única noche de pasión había terminado con algo más que una bofetada y que era padre de una criatura. ¿Habría sujetado en brazos al bebé con la misma ternura con la que sujetaba el ramo? ¿Le habría sonreído? ¿Se habría sentido capaz de amarlo?

Valentina respiró hondo y sacudió la cabeza para despejarla de sus pensamientos. No servía de nada mortificarse con lo que podría haber sido. No le produciría más que dolor.

—Esto es muy bonito —susurró para no interrumpir la calma del lugar—. Muy tranquilo y bien cuidado. Parece más un jardín que un cementerio.

—Las familias cuidan de las tumbas —explicó él—. Todos los que están aquí han muerto hace poco. El espacio es limitado y solo pueden permanecer aquí un tiempo antes de ser trasladados.

Tina recordó haber leído sobre ello, seguramente coincidiendo con la muerte de Eduardo. Por un lado resultaba extraño alterar la paz de los muertos trasladando sus restos, pero, por otro lado, ¿a quién no le gustaría descansar, aunque fuera por un tiempo limitado, en un lugar tan hermoso con esas maravillosas vistas de Venecia?

–Entonces, ¿la madre de Matteo murió recientemente?

–Hace dos años, aunque el espacio no es problema para nuestra familia –continuó él mientras la conducía hacia unos pequeños edificios neoclásicos–. La familia Barbarigo posee una cripta aquí desde la época de Napoleón, cuando se construyó el cementerio.

La cripta, de mármol blanco y del tamaño de una pequeña capilla, destacaba entre todas las demás, un vivo ejemplo de la riqueza de la familia. Dos ángeles de expresión serena vigilaban la entrada y a ambos lados de la puerta crecían sendos cedros de Tasmania.

Tina tomó el ramo de flores mientras Luca abría la puerta, liberando una bocanada de aire fresco. Encendió dos velas, una a cada lado de la puerta, antes de recuperar las flores, hacer una reverencia con la cabeza y entrar dentro.

Valentina esperó fuera mientras le oía pronunciar unas palabras en italiano, palabras que incluyeron el nombre de Matteo, y supo que estaba transmitiendo el mensaje de su primo.

Fiel a su palabra. Honorable. Inesperado.

Incapaz de oír nada más, respiró hondo y se apartó.

En los jardines se respiraba paz y tranquilidad. El sol se filtraba entre las hojas de los árboles, hojas que susurraban con la brisa. Venecia era increíble con muchas facetas inesperadas, tantos secretos ocultos en un espacio tan pequeño.

Entre los árboles encontró una tumba con la escultura de un niño que trepaba por una escalera que conducía al cielo. En una mano llevaba un ramo de flores que ofrecía al ángel que lo esperaba pacientemente en lo alto. Tina se arrodilló y tocó la fría piedra mientras derramaba lágrimas por otro niño perdido.

—¿Te gustaría presentar tus respetos ahora?

—Por supuesto —ella pestañeó y se enjugó las lágrimas evitando su mirada.

Después lo siguió al interior de la capilla cuyas paredes estaban llenas de inscripciones y oraciones dedicadas a todas las personas enterradas allí.

—¡Cuántos hay! —observó Tina, impresionada por el número de lápidas.

—Eduardo está aquí —él señaló una placa—. Su primera esposa, Agnetha, está junto a él.

Ella se acercó, deseando haber comprado unas flores.

—Te dejaré sola —Luca se hizo a un lado.

Acercándose un poco más, descubrió dos nombres sobre la pared.

—¿Tus abuelos? —preguntó.

—Mis padres —contestó él con expresión pétrea.

Luca se dio media vuelta y Tina lo observó marcharse. ¿Sus padres? Leyó las fechas, y comprendió que ambos habían fallecido el mismo día hacía treinta y cinco años.

Cuando salió de la cripta, fue recibida por un hombre frío y distante que ocultaba su mirada tras las gafas de sol.

—¿Lista para marcharnos? —le preguntó mientras cerraba la puerta.

—Luca —Tina apoyó una mano en el brazo de Luca—. Lo siento. No tenía ni idea de que hubieras perdido a tus padres.

—No es culpa tuya —espetó él.

—Debías ser muy pequeño. Siento tu pérdida.

—¿Que sientes el qué? —Luca retiró el brazo—. ¿Qué sabes tú de mi pérdida?

–Sé lo que es la pérdida –ella sintió el dolor de Luca clavarse en su cuerpo–. Sé lo que es perder a un ser querido.

«Más de lo que te imaginas».

–Me alegro por ti –contestó él mientras se dirigían de regreso a la barca.

–¿Qué es esto? –de regreso en el *palazzo*, ella encontró una caja sobre la mesilla junto a la cama–. Yo no he encargado nada.

–Ábrelo y lo verás –contestó él secamente antes de desaparecer en el cuarto de baño.

Era la primera palabra que pronunciaba desde el cementerio. Su silencio no le había molestado durante el trayecto de regreso al *palazzo*, más bien le había resultado un alivio ya que devolvía a Luca al lugar del villano que debía ocupar y anulaba en parte la imagen de ese hombre llevando respetuosamente flores a su tía.

También le había ayudado a olvidar lo bien que podía hacerle sentir cuando lograba no pensar en que todo era una farsa.

No quería descubrir detalles de él que le gustaran. Lo prefería frío y duro, inabordable y totalmente imperdonable.

Así era mejor, razonó, mientras abría la caja. Más sencillo. Necesario.

¡No!

Luca regresó sin la corbata y con la camisa medio desabrochada, dejando expuesta una muestra del perfecto torso. Tina intentó no mirar, pero fracasó estrepitosamente.

Y entonces recordó la caja.

–¿De dónde ha salido esto?

–Necesitabas un ordenador nuevo –él se encogió de hombros.

–¡A mi ordenador no le pasa nada!

–Tu ordenador es un dinosaurio.

–¡Tú sí que eres un dinosaurio!

A punto de quitarse los pantalones, Luca se paró y Tina sintió surgir en ella el deseo al imaginarse algunos de los motivos por los que ese hombre podría estar desnudándose.

–Y yo que pensaba que me considerabas un cavernícola.

–Dinosaurio, cavernícola –insistió ella mientras intentaba no fijarse en el bulto que se apreciaba bajo los calzoncillos–. Da lo mismo. Ambos son prehistóricos.

–Pero no son lo mismo –contestó él–. Al dinosaurio me lo imagino lento y torpe de movimientos. Mientras que el cavernícola debía divertirse bastante más sacudiéndoles mamporros a las chicas para arrastrarlas por los pelos al interior de la cueva.

Luca alargó una mano y atrapó un mechón de los cabellos de Tina. Era muy difícil pensar cuando tenías a un hombre desnudo frente a ti, con la orgullosa erección casi rozando tu cuerpo. Era el cavernícola, tentándola con un garrote.

–Tienes razón. Se te da muy bien interpretar al cavernícola.

–Pero no será la única razón por la que estás aquí conmigo, ¿verdad, Valentina? –él sonrió y tiró del mechón de rubios cabellos para acercar sus labios a la boca–. ¿No disfrutas con mi compañía?

–No –contestó ella sintiendo un nuevo tirón que la empujó más hacia él–. No hago más que contar los días que me quedan para ser libre.

–En ese caso –Luca sonrió como si no se creyera ni

una sola palabra– será mejor que aproveche al máximo los días que quedan.

Tomó el rostro de Tina entre las manos y, atrayéndola hacia sí, fundió sus labios con los de ella, alentándola, invitándola. Y cuando al fin separó su boca y le permitió respirar de nuevo, ya le había impregnado todo el cuerpo con su aroma y su sabor.

–Tengo la sensación de que aquí hay un problema –él suspiró.

–¿Qué problema? –preguntó ella perpleja.

–Llevas demasiada ropa.

Tina casi suspiró de alivio mientras se dejaba llevar por el beso. Si el único problema en su vida fuera el exceso de ropa, sería fácil de solucionar.

Se había imaginado que Luca buscaría una satisfacción rápida. Sexo ardiente y furioso. En cambio le hizo el amor como si fuera tan frágil y diminuta como aquel caballito de cristal.

Las manos, cálidas y lentas, la boca ardiente y tierna, la lengua un instrumento de exquisita tortura. Con todo ello, Luca tejió una tela de araña de sedoso deseo atrapándola de tal manera que, cuando llegó, fue casi como una rendición. Una entrega.

Jadeando, con los ojos muy abiertos y fijos en el techo, sintió miedo.

Porque una cosa era el sexo. El sexo podía manejarlo. Racionalizarlo. Considerarlo como una moneda de cambio. Y podía guardarlo durante el día en esa caja imaginaria que tenía bajo la cama, aislándose de lo que estaba sucediendo.

Pero si se rendía a él, si se perdía en él sabiendo que

al final se marcharía de allí con las manos vacías, la sensación de pánico sería tremenda.

No era solo el sexo lo que le hacía sentirse así. Luca estaba cambiando. Se preocupaba por su estado de ánimo, por el hecho de que tuviera un ordenador decrépito. Sabía que unos cuantos miles de euros no significaban nada para él, pero lo importante era su preocupación. No le hacía falta hacer todas esas cosas, ni siquiera instalar a Lily en un apartamento, considerando todo lo que ella le debía.

¿Por qué tenía que parecer humano cuando lo que ella quería era poder contemplarlo como un monstruo? ¿Por qué le dificultaba tanto la tarea de odiarlo?

Tina quería odiarlo. Necesitaba odiarlo.

Cerró los ojos y envió una plegaria silenciosa a los dioses. Si quería marcharse de allí con la cabeza alta, necesitaba un motivo para odiarlo.

Debería tomarse más días libres. Tumbado en la cama, Luca escuchaba el rugido de su estómago. Debería comer algo, pero había algo decadente en pasar el mediodía en la cama. Sobre todo cuando había un buen motivo para no salir de ella.

Valentina.

Le acarició los cabellos y escuchó la tranquila respiración. Le gustaba el hecho de que no sintiera la necesidad de parlotear sin cesar, o de preguntarle si le había gustado. Y aún más le gustaba observar su mirada cuando llegaba. Solo de pensar en ello se excitaba.

Debería hacerlo más a menudo.

Y podría hacerlo durante un mes. Aún tenían tiempo. Quizás al día siguiente...

—Mañana como con tu madre —le anunció—. ¿Te gustaría acompañarme?

–¿Por qué vas a ver a mi madre? –Tina se puso rígida.

–Hay algunos papeles que debemos firmar para completar la transferencia del *palazzo* y las propiedades a mi nombre y para poner el apartamento a nombre de tu madre.

–¿Y exactamente por qué quieres que vaya yo? –ella se sentó en la cama y se subió la sábana hasta el pecho. Su mirada destilaba reproche–. ¿Para poder presumir de lo listo que eres delante de las dos?

–Pensé que quizás te gustaría verla.

–¡Y un cuerno! –Tina saltó de la cama, envuelta en la sábana.

Pero Luca atrapó un extremo de la sábana y, tirando con fuerza, la detuvo en seco.

–Ya tienes lo que quieres –ella se giró–. Has engañado a mi madre para echarla de su casa aunque a saber para qué necesitas tú otra casa. Tienes una amiguita para jugar en la cama durante un mes, porque así lo has querido sin importarte lo que quieran los demás. ¿Qué clase de enfermo eres para necesitar vernos juntas como si fuésemos tus trofeos?

–Pensé que te gustaría ver a tu madre –masculló Luca entre dientes–. Yo daría mi vida por poder ver a la mía en otro lugar que no fuera el cementerio.

–Luca... –exclamó ella pesarosa mientras se acercaba un poco más a la cama.

–Olvídalo –Luca soltó la sábana–. De todos modos era una mala idea.

«Se acabó el placer de retozar en la cama», pensó mientras se dirigía al cuarto de baño.

Tina no volvió a ver a Luca y supuso que se había marchado a la oficina. No podía culparlo por ello. Había saltado a su yugular ante la sugerencia de ir a ver a su madre. Tras la ternura con que le había hecho el amor, tras el sorprendente regalo, había sentido tambalearse sus cimientos y necesitado verlo como el villano.

Sin embargo, en esos momentos sentía pena por el modo en que le había contestado.

Tenía la sensación de haberlo decepcionado.

Como si se hubiera decepcionado a sí misma y fallado una especie de examen.

Qué locura.

A fin de cuentas nunca le había importado lo que pensara de ella. La relación que mantenía con su madre era asunto suyo. Él no sabía nada de la discusión que habían mantenido y que la había empujado hacia su casa. Y tampoco sabía nada de la desgraciada historia que supuraba en su interior.

Pero la sincera admisión de que le encantaría ver a su madre, si estuviera viva...

Independientemente de lo que pensara de Luca, le avergonzaba la mala relación que mantenía con su madre.

Quizás esa mala relación estuviera justificada, pero, al mismo tiempo, quizás debería intentar reducir las distancias mientras estuviera en Venecia.

De nuevo las palabras de su padre regresaron a su mente:

—Sigue siendo tu madre, cielo... no puedes ignorar ese hecho.

Quizás su padre tuviera razón. Quizás Luca tenía razón. Quizás debería hacer un esfuerzo.

Mientras estuviera en Venecia.

Mientras tuviera la suerte de tener una madre.

Capítulo 11

ENTONCES, te estás acostando con él?
Carmela, de espaldas a Lily, sonrió a Tina mientras le servía un café. Valentina le devolvió la sonrisa, agradecida por el breve momento de complicidad y lamentando un poco que fuera con la gobernanta y no con su madre. Habían hablado del tiempo, sobre el nuevo apartamento que Lily había visitado aquella misma mañana. La mujer había llenado el suelo del *palazzo* de cajas y papel de seda, eligiendo qué objetos de cristal se llevaría y cuáles vendería a través del dueño de una galería de arte local.

No dejaba de ser un progreso el que Lily aceptara lo inevitable de su traslado, a pesar de que la caja con objetos para vender estaba prácticamente vacía.

Por supuesto Tina tuvo que aguantar sus quejas sobre la injusticia de todo el asunto y de cómo esperaban que pudiera instalarse en un diminuto apartamento de seis dormitorios.

—Es verdad, Lily –admitió al fin mientras se preguntaba cuántas madres interrogaban con tanta franqueza a sus hijas sobre el sexo–. Me estoy acostando con Luca.

—¿Y crees que esta vez os llevará a alguna parte? –su madre se reclinó en el asiento y la miró con una expresión que podría ser de satisfacción o de desilusión.

—No –esa era una respuesta sencilla de responder.

—Pareces muy segura.

–Lo estoy.

–¿Y qué pasa con Luca?

–Él también lo está. Los dos estamos seguros. ¿Y ahora, podemos dejar el tema?

–Por supuesto –asintió su madre dejando la taza con delicadeza sobre el platillo.

Tina pensó que se habría terminado la conversación, pero Lily suspiró y volvió al ataque.

–Aunque, en mi opinión, cuando un hombre vuelve por una segunda porción de tarta, es que algo ha encontrado en una mujer. Quiero decir que si repite será porque...

–Porque le resulta fácil. Déjalo ya, Lily. No quiero hablar de ello. Cuando finalice el mes me marcharé y Luca se quedará –ella se encogió de hombros–. Fin de la historia.

–Es que no sé por qué no te aprovechas del acuerdo. Hay peores candidatos a marido.

–No estoy buscando marido –¿por qué sus dolores de cabeza casi siempre coincidían con alguna visita a Lily?

–Pero si algo sucediera...

–¿Qué va a suceder? ¿Te refieres a si vuelvo a quedarme embarazada? No lo creo, no con el mismo hombre. No soy tan estúpida.

–Me ha encantado tu visita –Lily se encogió de hombros y se levantó de la silla–, pero tengo que organizar todo eso. Luca va a enviar a unos hombres para que se ocupen de las lámparas, pero no quiero que toquen mis preciosas figuritas y tengo mucho que hacer –miró a su hija fijamente–. Supongo que no podrías ayudarme...

–¿Estás segura? –Tina parpadeó–. No creo que sea útil a la hora de decidir qué te quedas.

–Yo seré quien decida lo que me quedo –contestó su

madre mientras le entregaba un montón de papel de seda–. Tú limítate a envolverlo.

–Trato hecho –asintió Tina, dispuesta a aprovechar la ocasión para intentar un acercamiento hacia su madre.

Dos horas más tarde apenas habían avanzado y la caja con objetos para vender estaba prácticamente vacía.

Lily suspiró satisfecha, como si acabara de vaciar la habitación entera.

–Bueno, creo que bastará por hoy.

Valentina miró a su alrededor. A ese paso le llevaría meses vaciar el *palazzo*.

–Espera –su madre tomó un objeto y se lo entregó–. De este puedo deshacerme.

Tina tomó la figurita y se estremeció. Era un caballo levantado sobre las patas traseras.

–Luca me llevó a Murano esta mañana –le explicó a su madre–. Hicieron uno como este.

–De allí saldría este. Tíralo directamente. Nadie lo comprará porque no vale nada.

Tina sujetó el frágil caballito entre las manos y pensó en el niño de ojos marrones. Pensó en otro niño que habría crecido rodeado de caballos de verdad, aprendiendo a montar antes que a caminar. Un niño que no tuvo la oportunidad de tener su caballito.

Su hijo debería tener un caballito. Se lo merecía.

–¿Me lo puedo quedar?

–Por supuesto, aunque yo pensaba que no te gustaba el cristal.

–No es para mí –contestó ella mientras lo envolvía cuidadosamente–. Es... para un amigo.

Al rememorar el viaje a Murano recordó lo que quería preguntarle a su madre.

–El primo de Luca le pidió que dejara unas flores para su madre en la Isola di San Michele. He aprovechado para presentarle mis respetos a Eduardo.

–¡Pobre Eduardo! –suspiró Lily–. Ojalá no me hubiera dejado como lo hizo. Nada de esto habría sucedido si aún estuviera aquí.

–¿Lo echas de menos?

–Por supuesto –Lily parecía casi ofendida–. Además, a mi edad, pasados los cincuenta, es muy difícil encontrar marido –se volvió hacia su hija–. Y por eso tú deberías aprovechar la oportunidad. Eres joven y guapa, pero no durará para siempre, créeme.

Tina sonrió, pero en esos momentos no le interesaba el consejo de su madre. Lo que quería era què respondiera a una pregunta que le inquietaba desde su visita a la cripta.

–Al visitar la cripta no pude evitar fijarme en las tumbas de los padres de Luca. Él no parecía tener muchas ganas de hablar de ello. ¿Qué les ocurrió? ¿Lo sabes?

–Eso fue antes de que yo llegara aquí –Lily se quedó pensativa–. Debió suceder hará unos veinte años, quizás más. Si no recuerdo mal, sufrieron una especie de accidente de barco aquí, en la laguna. Por eso Luca se vino a vivir con Eduardo y con Agnetha.

–¿Luca vivió con Eduardo? –Tina se puso en alerta–. ¿Aquí?

–Creció con ellos, pues claro que vivía aquí, aunque ya se había marchado cuando yo me casé con Eduardo. A ver si me acuerdo... –la mujer hizo una pausa–, la familia de Matteo se ofreció a acogerle, pero dado que

Eduardo y Agnetha no tenían hijos, se decidió que fuera a vivir con ellos.

«De manera que este ha sido su hogar».

Había vivido allí con sus tíos antes de la muerte de su tía y la aparición de Lily.

¿Por eso mostraba tanto resentimiento hacia Lily? Al casarse con Eduardo le había robado la herencia. ¿Por eso parecía tan desesperado por recuperarla?

¿Dónde demonios se había metido?

Luca contemplaba el Gran Canal desde el balcón. Cierto que habían discutido, pero tenían un trato. Ella había accedido a un mes, incluso lo había propuesto ella misma. La ropa seguía toda en el vestidor y la mochila guardada en un rincón. No se había largado.

Pero entonces, ¿dónde estaba?

No excusaba su comportamiento, reflexionó Tina mientras corría por las estrechas calles, aunque sí explicaba sus acciones. Llegar hasta donde había llegado para recuperar una casa que, en otras circunstancias, habría sido suya, no tenía sentido.

Las luces de la calle se encendían a su alrededor y ella contempló el oscuro cielo. Se había quedado más tiempo del previsto en casa de su madre y ya era muy tarde.

Llamó al timbre de la puerta y esta se abrió de inmediato, pero no fue Aldo quien la recibió a la entrada sino el propio Luca.

Tras la desagradable discusión que habían protagonizado, no sabía si se alegraría de verla.

—¿Has ido de compras? —preguntó Luca, con cierto

tono de resentimiento, al reparar en la bolsita que Tina llevaba en la mano–. Aldo dice que te marchaste hace horas.

–No –Tina se sintió asaltada por una oleada de indignación–. Da la casualidad de que he estado ayudando a Lily a recoger algunas cosas. No sabía que tuviera que pedir permiso...

–¿Has estado todo el rato en casa de tu madre?

–¿Acaso conozco a alguna otra Lily en Venecia? –ella lo miró perpleja.

–Me sorprendes –él la miró con los ojos entornados–. Parecías tan reacia a ver a tu madre...

–No sé por qué te sorprende tanto –Tina alzó la barbilla desafiante–. Somos casi unos extraños. No sabes nada sobre mí.

–¿En serio? –Luca la agarró de la muñeca y le bloqueó el paso al interior de la casa con su cuerpo escultural, hecho para el sexo–. Y aun así sé cómo hacer que tus ojos brillen como miles de estrellas. Sé cómo hacer que te derritas con un movimiento de mi lengua. Sé lo que te gusta y eso es bastante más que no saber nada. ¿No crees, Valentina?

–Puedes llamarme Tina –susurró ella, intentando desesperadamente cambiar de tema.

–¿Por qué iba a dirigirme a ti con un nombre tan corto y seco cuando tu nombre completo es tan bonito y sensual? –Luca parpadeó lentamente–. ¿Por qué, cuando tu nombre encierra los seductores valles y colinas de tu perfecto cuerpo?

Tina fue incapaz de responder. No había palabras para responder.

–No –insistió él con un aire de autoridad que resultaba irritante–. Tina no me satisface.

Aquella noche cenaron en casa, pero no antes de hacer el amor hasta muy tarde. Tina no supo si fue la ira o el alivio lo que espoleaba a Luca, pero en cualquier caso había añadido otro matiz al sexo. Peor aún, le había dado un motivo para no odiar estar allí.

Un buen rato después la preocupación seguía sin dejarla dormir. Saltó de la cama, saliendo al balcón que se abría sobre el Gran Canal y dejó vagar su mente.

¿Qué le estaba sucediendo?

Tres años atrás había pasado una noche con él y no había vuelto a verlo. Después de lo sucedido, no había querido volver a verlo. Pero el sexo con Luca tenía cierto carácter adictivo y le devolvía sistemáticamente a ese lugar febril gobernado por el deseo.

Quizás, siendo honesta consigo misma, no había vivido durante esos tres años.

Quizás solo había existido a la sombra de una noche perfecta que se había vuelto tóxica.

Quizás se había limitado a sobrevivir. Apenas.

A pesar de sus recelos, parecían haberse instalado en una rutina. Tina ayudaba a su madre a clasificar sus pertenencias, cara a la inminente mudanza. Algunos días Lily se mostraba más receptiva a su ayuda que otros, pero parecían estar construyendo una frágil relación.

Aún no la había perdonado del todo por haberla obligado a meterse en la cama de Luca, pero tenía que reconocer que la experiencia no le resultaba del todo desagradable.

El sexo era sublime.

No era más que sexo, se recordó, cerrando de nuevo esa caja imaginaria y guardándola bajo la cama en cuanto Luca se marchaba a trabajar por las mañanas.

Solo sexo. Y en unas pocas semanas regresaría a su

casa y aquello no sería más que un recuerdo. ¿Por qué no disfrutar mientras durara?

Una semana después de su llegada a Venecia, acudió a casa de su madre. Nada más entrar oyó a Lily hablando en francés desde la planta superior. Tina estuvo a punto de darse media vuelta, hasta que se dio cuenta de que el torrente de palabras producido por su madre no era de ira sino de satisfacción.

–¿Qué sucede? –le preguntó a Carmela echando una ojeada hacia la escalera.

–Está hablando con el dueño de la galería, el que ha accedido a vender su colección de cristal –le explicó la otra mujer–. Deben ser buenas noticias.

Un minuto después, Lily bajó las escaleras con los ojos brillantes. Su aspecto era más el de una colegiala que el de una mujer pasados los cincuenta.

–¿Qué sucede? –preguntó Tina.

–Nunca lo adivinarías. Antonio tiene un contacto en Londres. Van a montar una exhibición de cristal veneciano y quieren todo lo que pueda enviarles. Antonio dice que ganaré una fortuna.

–¿Antonio?

–*Signore* Brunelli –su madre bajó la cabeza con timidez–, el dueño de la galería que se ocupa de la venta.

Tina miró de reojo a Carmela, quien asintió antes de regresar apresuradamente a la cocina. De repente, el cambio de humor mostrado por su madre los últimos días cobró sentido.

–Qué bien, Lily –aunque fuera lo que siempre hacía su madre, buscar al siguiente marido con infalible precisión, Tina no pudo evitar sonreír.

–Pero eso no es todo –continuó Lily con ojos chispeantes–. Quiere que lo acompañe a Londres. Dice que seré el puente entre Venecia y Londres, que daré sentido a la colección. Esta noche me invitará a cenar para discutir los detalles. Cree que estaremos allí un mes.

Lily respiró hondo y miró a su alrededor como si no recordara qué había estado haciendo.

–Bueno, supongo que debo volver al trabajo. Menudo alivio cuando todo esté hecho.

¿Alivio? El radical cambio de humor de Lily sería motivo de celebración si no le hubiera dejado a Tina tan mal sabor de boca. ¿Dónde estaba su alivio? ¿Cuál era el lado positivo?

La que se había sacrificado era ella, obligada a pasar un mes con un hombre al que odiaba mientras su madre seguía con su vida. ¿Dónde estaba la justicia?

–¿Ya no te preocupa mudarte? Cuando llegué a Venecia estabas tan enfadada con Luca, conmigo, con tu situación, ¡con todo! ¿Cómo puedes estar tan contenta ahora?

–¿No quieres verme feliz? –el tono de la pregunta recordaba, en parte, a la vieja Lily.

–Pues claro que sí, Lily. Es que... –Tina sacudió las manos en el aire en un gesto de frustración–. Es que yo estoy aquí, atrapada con Luca, mientras tú pareces seguir con tu vida como si todo esto no fuera más que un ligero inconveniente.

–¡Oh, Valentina! –suspiró su madre–. Por favor no te enfades conmigo. Siéntate –le tomó la mano y la guio hasta un sofá–. Tengo que decirte algo. Carmela me matará si no lo hago.

–¿Qué es? –Valentina frunció el ceño. La idea de Carmela regañando a su madre era demasiado deliciosa.

–Ya sé que no siempre hemos estado unidas –Lily sacudió la cabeza y tomó a su hija de la mano–, pero reconozco que te traté fatal cuando viniste. Incluso antes de que vinieras. Pero es que estaba tan asustada. ¿No lo entiendes? No tenía a quién acudir y Luca me estaba amenazando con echarme a la calle. No tenía ni idea de lo del apartamento, no me dio ninguna pista. Pensé que iban a cumplirse los peores presagios.

–Lo sé –Tina asintió. Era bueno recordar lo asustadas que habían estado, cómo Luca las había manipulado despiadadamente para conseguir lo que quería de ellas–. No pasa nada.

–No digas nada –continuó Lily–. Esto no es fácil para mí y quiero que me escuches. Siento no haber sido mejor madre. Siento haberte metido en este lío. Pero, por favor, no me prives de esta felicidad. Ha pasado tanto tiempo desde la última vez que me sentí así.

–Me alegro por ti, en serio, Lily. Pero, ten cuidado. Acabas de conocer a ese hombre.

–A veces no hace falta más tiempo –su madre sonrió y se encogió de hombros–. Un pálpito y sabes que es él.

–¿Fue eso lo que te pasó con papá? ¿Y con Eduardo, con Hans y con Henri-Claude?

–No –Lily suspiró y bajó la cabeza–. Me avergüenza decir que no. No me siento orgullosa de mi récord, pero esta vez es la buena, Valentina, lo sé. Y lo que deseo para ti es que encuentres la misma felicidad. Quizás sea posible que Luca y tú...

–No –Tina se puso en pie, incapaz de permanecer más tiempo sentada–. No es posible.

–¿Estás segura? ¿No te ha hablado de la posibilidad de que te quedes?

–Pues claro que estoy segura, y no, no me ha hablado de eso. Porque no quiere. No es un hombre que cambie de idea, Lily, y yo no quiero que cambie. Es más, me muero de ganas de que termine el mes. Quiero volver a casa con papá.

–Entiendo. Pues es una lástima. Sobre todo después de lo que has sufrido perdiendo a su bebé y todo eso. Debería haberse dado cuenta del riesgo que corría al obligarte a pasar nuevamente por todo aquello.

–¡No sabe nada! –exclamó Tina deseando no haberle hablado a su madre sobre el bebé–. Y nunca lo sabrá. No tiene sentido contárselo. Eso ya es... historia.

–Pero también es su historia.

–Es demasiado tarde para eso –insistió ella–. Y ahora, dime, ¿por dónde empezamos?

–No hacía falta que me chantajearas para sacar a mi madre del *palazzo*.

Luca y Tina habían estado haciendo el amor hasta bien entrada la noche y yacían tumbados y abrazados en ese limbo entre el sexo y el sueño.

–¿A qué te refieres? –Luca la atrajo hacia sí y le besó el cuello.

–Te habría bastado con colocar a ese Antonio Brunelli, el dueño de la galería, ante sus narices para que cumpliera todos tus deseos sin pestañear.

–¿Lily y Antonio Brunelli?

–Sospecho que ya estará convencida de estar enamorada de él. De modo que podías haberte ahorrado todas estas molestias presentándole a Antonio desde el principio.

–De haber sabido que sería tan sencillo, quizás lo hubiera hecho –Luca suspiró.

–Pues quizás deberías haberlo hecho –a Tina le irritó sentirse defraudada.

–Sí –contestó él con dulzura mientras le cubría un

pecho con la mano ahuecada–, pero entonces no te tendría a ti.

Tina cerró los ojos en un intento de dejar fuera sus enmarañados pensamientos. Se refería a que no la tendría para el sexo. Nada más.

Deseó no haber insistido en la conversación. Deseó no ansiar que las cosas fueran diferentes.

Y deseó poder comprender por qué deseaba que fueran diferentes.

Capítulo 12

TINA consultó la hora y encendió su nuevo portátil. Aunque había protestado por el regalo de Luca, le encantaba el dispositivo que le permitía, entre otras cosas, comunicarse por videoconferencia con su padre. En Australia serían las ocho de la tarde y Mitch estaría aguardando su llamada en el despacho. Siempre le alegraba tener noticias de la granja. Le devolvía a la Tierra y le hacía ser consciente de que su vida en Venecia era una fantasía.

Charlaron del esquilado, ya terminado y que había ido mejor de lo esperado, y Tina ya estaba calculando las balas de paja que podrían sacar cuando oyó una voz femenina.

–¿Quién está ahí contigo? De haber sabido que tenías compañía habría llamado más tarde.

–No, no, solo es Deidre, cariño. Por cierto, ¿cuándo vuelves a casa?

–¿Deidre? ¿Te refieres a Deidre Turner? Pero, si el esquilado ha concluido, ¿qué hace allí?

–Ella... me ayuda en la cocina mientras tú no estás. Y ahora responde, ¿cuándo vuelves?

–¡Oh, papá! –exclamó ella distraída pensando en Deidre Turner y su padre.

Deidre era viuda. Su marido, con quien había estado casada veinte años, había fallecido en un accidente con un tractor años atrás y esa mujer no había vuelto a mirar a ningún hombre, o eso había pensado ella. Aunque quizás en esos momentos sí estuviera mirando.

–¿Seguro que quieres que vuelva? –ella sonrió–. No te preocupes, papá. Aún falta mucho, ya te avisaré cuando reserve el vuelo.

–Tina, llevas fuera tres semanas ya. Si no reservas pronto tu vuelo no tendrás billete.

¿Tres semanas? Tina sintió un escalofrío recorrerle la columna.

No podían haber pasado ya tres semanas. Sin duda debían ser dos como mucho.

Pero al consultar el calendario comprobó que, en efecto, le quedaban ocho días.

Ocho noches.

Y después sería libre para marcharse, el contrato habría finalizado.

–¿Tina? ¿Estás bien?

–Lo siento, papá –ella pestañeó–. Tienes razón. Reservaré el vuelo de regreso cuanto antes.

Concluyó la llamada, perpleja y aturdida. ¿Cómo había perdido hasta ese punto la noción del tiempo? Recién llegada a Venecia se había muerto de ganas por regresar a Australia, pero en esos momentos, cuando era capaz de contar los días y las noches que le quedaban con los dedos de las manos, la idea de marcharse le abría una brecha en el estómago.

Había acordado que se quedaría un mes, pero ese mes estaba a punto de terminar y, por mucho que le apeteciera ver a su padre, la idea de abandonar Venecia...

De abandonar a Luca...

No podía permitirse el lujo de caer en esos pensamientos. Había sido ella quien había establecido esa condición y Luca estaba de acuerdo. Él esperaba que se marchara. Lo que le pasaba era que empezaba a acostumbrarse a vestir hermosos vestidos y a vivir allí. Pero ella no pertenecía a ese lugar, su sitio no estaba junto a Luca. Reservaría el vuelo de regreso a casa, feliz de volver a ver a su padre. Se sentiría mejor cuando tuviera la reserva.

—Ya he reservado el vuelo de regreso.

—¿Cuándo te vas? —Luca estaba sirviendo dos copas de vino espumoso y se paró en seco. No era lo planeado para esa noche. El contenido del bolsillo pesaba como una losa.

—Dentro de una semana contando desde mañana. Tuve suerte de conseguir una plaza.

Suerte.

La palabra se le atragantó a Luca. ¿Tanta prisa tenía por marcharse? Había creído que estaba disfrutando de su compañía. Al menos esa era la impresión que daba en la cama.

Aunque seguía adelante con su plan para humillarla, la idea de que se quedara un poco más de tiempo habría supuesto retrasar un poco más lo inevitable.

Pero si ya había hecho la reserva tendría que poner en marcha el plan. Una lástima porque le había proporcionado una deliciosa distracción al final de cada día de trabajo.

—Sí, mucha suerte —Luca terminó de servir las copas y le ofreció una—. En ese caso, propongo un brindis. Por el tiempo que nos queda de estar juntos, que lo aprovechemos.

Tina lo miró con sus ojos ambarinos sorprendentemente desprovistos de chispa, y él se preguntó si no habría esperado que le pidiera que se quedara más tiempo.

Podría haberlo echo, pero ella había tomado la iniciativa y ya era demasiado tarde.

–Y podríamos empezar por esta noche –Luca dejó la copa y hundió la mano en el bolsillo–. Tengo una sorpresa para ti. Esta noche he sacado entradas para la ópera y quiero que lleves esto –de una cajita de terciopelo negro surgió un collar de cuentas de ámbar con un gran colgante de ámbar que resplandecía como el oro.

–Es precioso –observó ella con los ojos muy abiertos.

–El color hace juego con tus ojos –Luca la giró suavemente para ponerle el collar, dándole de nuevo la vuelta y asintiendo–. Perfecto. En cuanto lo vi supe que sería perfecto para ti. Toma, lleva los pendientes a juego.

–Lo cuidaré muy bien –susurró Tina.

–Son tuyos –él se encogió de hombros–. Nos vamos en media hora. Hay que vestirse.

El inesperado regalo de Luca la había pillado por sorpresa. Las pesadas gemas eran como un lastre que tiraban de ella hacia el suelo, anclándola a una falsa realidad.

En Venecia nada era real, decidió mientras contemplaba su imagen en el espejo. Nada era lo que parecía. Sobre todo ella.

Vestida con un traje color esmeralda parecía recién salida de un cuento de hadas, una princesa moderna a punto de ir al baile con el príncipe encantador.

En cuanto a Luca, bastaba echarle una ojeada, vestido con su traje de diseño italiano, que resaltaba su poderosa masculinidad, para que se le acelerara el corazón.

En una semana se habría marchado.

¿Por qué sentía un nudo en el estómago al pensar en ello si ansiaba regresar a su hogar? ¿Qué le estaba sucediendo?

–¿Lista? –preguntó Luca mirándola con preocupación.

–Nunca he ido a la ópera –Tina sonrió con timidez.

–¿Nunca has visto *La Traviata*?

–No sé nada de la obra –ella sacudió la cabeza. Nunca como en ese momento había sido tan consciente de las diferencias en sus vidas.

–¿Tampoco has visto la película *Moulin Rouge*?

–Sí, esa sí la he visto.

–Pues la película está basada en la ópera.

–Oh... –recordó ella–. Entonces se trata de una historia muy triste. Es injusto que Satine encuentre el amor cuando ya es demasiado tarde, cuando ya no le queda tiempo.

–La vida no siempre tiene un final feliz –Luca se encogió de hombros–. Vámonos.

La entrada al teatro de la ópera en la *Scuola Grande di San Giovanni Evangelista* estaba en el interior de una pequeña plaza abarrotada de gente que disfrutaba de una copa de vino al aire libre. Ante la llegada de Luca, varias cabezas se volvieron hacia ellos y varias personas asintieron como si estuvieran confirmando que seguían juntos.

Tina permaneció sonriente junto a Luca que se detenía de vez en cuando para saludar a algún conocido que solía hacer alguna observación sobre la belleza de su acompañante. Ya no le molestaba. Empezaba a acostumbrarse a los cumplidos y a los flashes de las cámaras. Empezaba a acostumbrarse a ver su foto publicada en la prensa.

Poco importaba lo que dijeran cuando se hubiera marchado. Nuevamente sintió el ligero encogimiento de estómago al pensar en su marcha.

Iba a echar de menos esa vida de ensueño, vestirse con trajes bonitos, salir a cenar a restaurantes de lujo en una de las ciudades más impresionantes del mundo.

Pero había algo más. Echaría de menos a Luca.

Resultaba extraño pensar así dado lo desesperada que había estado por marcharse al principio. Y, sin embargo, era cierto.

Echaría de menos la oscura y ardiente mirada, el cálido cuerpo tendido a su lado en la cama, la ternura con la que la abrazaba mientras dormía, la respiración, lenta y profunda.

Echaría de menos cómo le hacía el amor, pues ya no tenía sentido seguir fingiendo que aquello era solo sexo.

No tenía sentido fingir que podía encerrarlo en la cajita que ocultaba bajo la cama. Formaba parte de ella. La había colmado.

Luca la condujo al interior del edificio, de más de quinientos años de antigüedad. Las escaleras de mármol que conducían a la primera planta estaban desgastadas. El techo se alzaba majestuoso, apoyado sobre columnas de mármol y las paredes estaban pintadas con figuras del Renacimiento.

En algunas zonas, el suelo era irregular y algunas columnas no estaban rectas del todo.

Inconscientemente, se aferró con más fuerza al brazo de Luca, inquieta ante la sensación de que el suelo se movía bajo sus pies.

—¿Te ocurre algo? —preguntó Luca sintiendo su inquietud.

—Esto es seguro, ¿no? Me refiero al edificio.

—El teatro de la ópera lleva en pie desde el siglo XIII —Luca soltó una carcajada—. Estoy seguro de que conseguirá seguir estándolo durante las próximas dos horas

—le apretó la mano y le besó suavemente los labios—. No te preocupes, estamos a salvo.

¿Lo estaban?

Aturdida y sin aliento, se dejó llevar hasta los asientos.

¿El movimiento se debía únicamente al suelo bajo sus pies o había algo más?

«Dios mío, por favor que no haya nada más».

Llegó la hora de la función y se hizo un silencio sepulcral entre el público.

La música del primer acto les transportó en un viaje celestial entre los ángeles y querubines que decoraban las paredes.

Las voces de los cantantes eran sublimes y llenaban el aire. Era imposible no dejarse llevar por la trágica historia de Violetta, nombre de la heroína en la versión original, y sus amantes. Y al mismo tiempo, nunca había sido tan consciente de la presencia de Luca junto a ella, del roce de su muslo contra el suyo.

Tina quería disfrutar de ese roce mientras pudiera. Quería imprimirlo en su memoria para poder recordarlo en las largas noches que se avecinaban cuando Venecia y Luca no fueran más que un lejano recuerdo.

Los jóvenes amantes al fin lograban unirse, pero solo para ser separados por sus familias.

Y ella seguía siendo cada vez más consciente de la presencia de Luca. La obra se desarrollaba en italiano y, aunque solo comprendía palabras sueltas, captó toda la pasión y sintió el dolor, el tormento.

Qué irónico que la hubiera llevado a aquel lugar esa noche, para escuchar la historia de una mujer caída en desgracia para la que el amor era doloroso, costoso y al final, fútil.

¿Pretendía darle alguna lección? ¿Quería explicarle

que la vida, tal y como le había dicho en el *palazzo*, no siempre tenía un final feliz?

El tercer acto llegó a su fin. A pesar de los momentos de felicidad, la muerte de Violetta había planeado trágicamente durante toda la obra.

Tina sintió las lágrimas rodar por las mejillas mientras se preguntaba por qué le afectaba tanto. No era más que un cuento, ficción. No había nada de cierto en él.

¿Por qué?

En unos poco días sería libre para regresar a su casa.

Libre.

Ella jamás acabaría como Violetta. No lo permitiría.

Y, sin embargo, tenía la creciente sensación de estar caminado sobre tierras movedizas, intentando inútilmente mantener el equilibrio y lanzándose hacia el mismo final.

−¿Qué te ha parecido? −preguntó él mientras se levantaban de los asientos para aplaudir enfervorecidamente como el resto del público−. ¿Lo has entendido?

Ella asintió entre lágrimas y aplaudió tan fuerte como los demás.

«Lo he entendido más de lo que te imaginas».

Aquella noche no consiguió conciliar el sueño. Tumbada despierta, oyendo la pausada respiración de Luca, el paso ocasional de alguna embarcación por el canal, su mente no cesaba de torturarla.

Al fin se rindió y, poniéndose la bata de seda, se asomó a la ventana, sintiéndose extrañamente perdida con la mirada fija en una vista que pronto no sería más que un recuerdo.

Y aunque intentaba convencerse de que la culpable de su estado de ánimo era la ópera, sabía que había algo más. Algo que surgía de lo más profundo de su ser.

Las cortinas se inflaron con la suave brisa a su alrededor. Las noches eran cada vez más frías y las nubes se habían convertido en asiduas del cielo. El verano tocaba a su fin. Frente a la ventana lo absorbió todo, los aromas, los sonidos, las vistas, construyéndose con todo ello un álbum al que poder acudir cuando estuviera en su casa.

«La semana que viene».

La angustia privó a sus pulmones del aire vital.

Faltaba demasiado poco.

Oyó movimiento a sus espaldas y volvió la cabeza.

—No te gires —le pidió él.

—¿Qué haces?

—Supe que debía hacerlo en cuanto te vi ahí de pie —contestó Luca con la voz impregnada de una deliciosa anticipación—. No dejes de contemplar el canal y los barcos.

—Como quieras —Tina sonrió al sentir el calor del cuerpo de Luca a su espalda.

Una sonrisa acompañada de pensamientos de sexo al sentirlo, excitado y dispuesto. Suspiró, pensando de nuevo en cuánto iba a echarlo de menos y se dispuso a cerrar la cortina.

—Déjala —ordenó Luca—. Quiero que pongas las manos sobre la barandilla del balcón.

—Pero no podemos... aquí no, en el balcón, con las embarcaciones... —de repente comprendió lo que pretendía él.

—Sí —Luca deslizó los labios por su cuello, encendiendo un fuego que ardía mucho más abajo—. Aquí, en el balcón. Con los barcos.

—Pero... —ella dio un respingo.

—No dejes de mirar el canal —cuando Tina intentó girarse, él se lo impidió aprisionándola contra la fría balaustrada de mármol—. No pueden vernos —le aseguró mientras lentamente deslizaba la bata por los muslos–. Y aunque alguien mirara, lo único que vería serían sombras. Una sombra donde tú y yo estaremos unidos.

El barco desapareció y el sonido del motor fue sustituido por el golpeteo del agua contra los pilares del edificio. La bata seguía deslizándose hacia arriba hasta dejar al descubierto la ranura entre sus piernas. Luca deslizó un largo dedo por el sensible núcleo y los nervios de Tina aullaron impacientes.

–Eres hermosa –susurró mientras hundía el dedo en su interior.

Tina apenas conseguía mantenerse en pie.

No era justo, pensó mientras sentía cómo Luca la giraba sobre el balcón, mientras sentía la deliciosa presión de su dureza en el núcleo. No era justo que le hiciera esas cosas, que la redujera a una masa de nervios que emitían conjuntamente el mismo mensaje: deseo.

Pues lo necesitaba dentro de ella tanto como necesitaba oxígeno para respirar. Lo necesitaba dentro de ella, a su alrededor, tanto como necesitaba el sol, la luna y el cielo.

Y él le dio lo que necesitaba, penetrándola con una suave embestida que la colmó por completo en todos los rincones salvo en uno. Pues no había manera de colmar su corazón.

Porque en unos pocos días se marcharía. Y no soportaba pensar en ello.

No soportaba la idea de abandonar a Luca.

«Que Dios me ayude», pensó mientras él seguía moviéndose dentro de ella, llevándola nuevamente a ese increíble lugar mientras una solitaria lágrima descendía por sus mejillas.

Aquello era mucho más que necesidad.

«Lo amo».

Capítulo 13

LA REGLA le bajó al día siguiente y Tina no pudo evitar cierta desilusión. Menuda manera de celebrar sus últimos días juntos.

Sin embargo, había un lado bueno. No regresaría a su casa con una sorpresa.

Pero, ¿por qué eso no le hacía sentirse más feliz? No tenía sentido.

Apoyó la frente contra el espejo del baño y sintió de nuevo el familiar dolor. La pregunta que había estado evitando desde su llegada a Venecia le reconcomía.

¿Debía hablarle a Luca del bebé que habían perdido?

Al principio, cuando creía que no volvería a verlo nunca más, lo más sencillo había sido evitar la cuestión. También le había resultado fácil al regresar a Venecia, cuando lo único que les mantenía unidos era el mutuo resentimiento y un pacto del que el mismísimo diablo habría estado orgulloso. Había sido muy fácil razonarlo. ¿Qué sentido tendría remover el pasado? ¿De qué serviría? Ella no le debía nada.

Pero en esos momentos, después de compartir con él las últimas semanas, se preguntó durante cuánto tiempo más podría evitar contárselo. Cómo explicarle que en Australia había una lápida con el nombre de su hijo grabado en ella.

¿Cómo no iba a decírselo?

¿Acaso a ella no le hubiera gustado saberlo?

Se apartó del espejo del cuarto de baño y se arrastró hasta el dormitorio. Era curioso cómo el amor podía cambiar tu visión del mundo.

Porque, de repente, no había ningún motivo para eludir la verdad. Quería que Luca lo supiera todo.

Y aunque la noticia sin duda le provocaría una conmoción, y aunque seguramente se enfadaría con ella por no habérselo contado antes, ya no quería que hubiera más secretos.

Había vivido demasiado tiempo con ese secreto.

¿Y el amor que sentía por él? Tampoco sería bien recibido por Luca, ya que ni una sola vez había intentado convencerla de que no se subiera a ese avión.

Ese secreto sí podía guardarlo.

El problema sería cómo contarle el primero.

—¡Creía que habías comprobado las firmas! —Luca repasaba unos papeles mientras su ayudante acudía raudo ante los gritos de su jefe—. ¿No te diste cuenta de que faltaba una?

El joven balbuceó que lo arreglaría, pero Luca le arrebató los papeles.

—¡Lo haré yo! —rugió.

Necesitaba darse un paseo. Llevaba todo el día de pésimo humor y no sabía por qué.

¡Pues claro que lo sabía!

No quería que se marchara, eso era. Tina se había derretido en sus brazos la noche anterior en el balcón, como si estuviese hecha de miel. No quería dejarla marchar.

Sin embargo, no tenía elección.

En cierto modo, agradeció a su ayudante tener un motivo para desahogarse, porque desde que había de-

jado a Valentina aquella mañana, había tenido unas in-
mensas ganas de pelea.

¿Y qué mejor motivo? Porque sin la firma de Lily en
ese lugar del contrato, el *palazzo* seguía siendo legal-
mente de ella, independientemente de todos los demás
papeles que habían sido firmados. Independientemente
del hecho de que su gente ya trabajaba para asegurar los
cimientos antes de que empezaran las obras, y a pesar
del hecho de que Lily ya había tomado posesión del
apartamento como su legítima dueña.

Quizás la culpa había sido suya por tomarse demasiado tiempo libre para estar con Valentina y dejar el
trabajo en manos de sus empleados.

Necesitaba esa firma.

Carmela le hizo pasar al interior del apartamento y
lo condujo hasta el salón. Una llamada al móvil hizo
que desviara su atención a la pantalla del teléfono.

–¡Hola, Matteo! –saludó a su primo.

Matteo elogió la foto de Luca y Valentina que había
aparecido en la prensa, y la buena pareja que hacían.
Luca frunció el ceño. No tenía ganas de que le recordaran a Valentina, a pesar de que sus planes se habían
cumplido al milímetro. La prensa especulaba abierta-
mente sobre la posibilidad de que estuvieran ante la
nueva esposa de un Barbarigo.

–Pero no te llamaba por eso –continuó Matteo–.
Quería invitaros a Valentina y a ti a cenar el viernes.

–Yo sí puedo, pero Valentina ya se habrá marchado
para entonces.

–¿Marchado? ¿Adónde?

–A su casa.

–Qué pena. ¿Y cuándo vuelve?

–No volverá.

–¿Por qué? me gusta mucho esa chica, y ya es hora

de que sientes la cabeza, Luca. A mí me parece ideal
para ti.

–Olvídalo, Matteo –Luca soltó una carcajada–. No
estoy buscando esposa, y menos alguien como Valentina –intentó recordar el motivo. Intentó elaborar un argumento coherente para ofrecer a su primo–. Esto es
por diversión, nada más. En cualquier caso, el viernes
ya no estará en Venecia. Ya me encargo yo de eso.

Un discreto carraspeo llamó su atención.

–¿Querías verme? –Lily lo miraba con una ceja
enarcada y los dedos entrelazados.

–He traído unos papeles para que los firmes –Luca
colgó la llamada y sacó un sobre del bolsillo–. Te olvi-
daste de firmar una cosa.

–Ayer hablé con Valentina –la mujer ignoró el bolí-
grafo que Luca le tendía y los papeles que había dejado
sobre una mesa–. Su vuelo sale el lunes. ¿Exactamente
a qué «diversión», te estabas refiriendo y qué estás pla-
neando?

–¿Quién ha dicho que hablaba de Valentina? Y ahora,
si no te importa firmar aquí...

–Te oí muy bien. ¿A qué estás jugando, Luca?

–Tú limítate a firmar, Lily.

–Cuéntamelo. Porque si has planeado hacerle daño
a mi hija...

–¿Y esperas que me crea que tú, de todas las personas del mundo, te preocupes por ella? ¿Tú, que la obligaste a venir para avalarte en el lío que habías organizado con tu vida? ¿Tú, que venderías a tu propia hija al
demonio si te resultara rentable?

–Culpable de todos los cargos –admitió la mujer–.
Pero durante estas últimas semanas he empezado a conocer bien a mi hija, y me gusta. Tanto que la voy a

echar mucho de menos. Sé que no tengo derecho siquiera a pedírselo, pero me gustaría que no se fuera.

¿Qué demonios estaba sucediendo allí?

–Prométeme que no le harás daño, Luca –insistió Lily–. Prométemelo.

–¡No pienso prometerte nada!

–Ella no merece que le hagan daño. No ha hecho nada malo.

–¡Tú no tienes ni idea de lo que hizo! Esto no es ni más ni menos que lo que se merece.

–Pues yo diría que es mucho menos de lo que se merece –Lily lo fulminó con la mirada–, después de todas las penalidades que le has causado.

–¿De qué estás hablando? Le di la mejor noche de su vida.

–¡Es evidente que le diste mucho más que eso!

–¿A qué te refieres? –el martilleo en las sienes le indicó a Luca que algo iba mal–. ¿De qué estás hablando?

–Lo siento –ella sacudió la cabeza y se tapó la boca con una mano–. No debería haberlo dicho. Si no lo sabes, seguramente habrá una buena razón para ello.

¿Una razón para no saber el qué?

¿Qué se suponía que le había dado?

¿Por qué no se lo podían contar?

A no ser...

De repente toda la sangre acudió a los oídos de Luca que casi ensordeció del martilleo.

–¿Estás insinuando que Valentina se quedó embarazada... de mí?

–Yo no he dicho nada –Lily se puso tensa, pero sus ojos reflejaban claramente temor.

Luca se dio media vuelta con una idea fija en la cabeza.

–Luca, espera. ¡Escúchame!

No esperó, ni escuchó. Porque durante tres semanas había alojado a esa mujer en su casa. La había tratado como a una princesa, le había hecho el amor como si significara algo para él. Y esa mujer le había ocultado el peor de los secretos.

¿Se había estado burlando de él por no saberlo? Él, que creía jugar con ventaja mientras que era ella la que ejercía su venganza de la peor manera posible.

Había llegado la hora de descubrir la verdad.

¡La verdad sobre lo que le había hecho a su hijo!

Capítulo 14

LA ENCONTRÓ acurrucada junto a una ventana, tecleando sobre el portátil, los cabellos sueltos y vestida con colores brillantes. La inocencia personificada.

¿Inocencia?

De eso nada.

Quería gritarle.

Una vez lo había engañado. Pero ya no más.

Tina levantó la vista y su rostro se iluminó con una amplia sonrisa hasta que frunció el ceño y la sonrisa se esfumó.

—¿Qué sucede, Luca? ¿Por qué has vuelto a casa tan pronto?

—Todo este tiempo... —Luca respiró hondo. Necesitaba aire y espacio para ordenar las palabras—. Jamás me imaginé que serías capaz de algo así —sacudió la cabeza y la miró, viendo a una nueva Valentina. Donde antes había visto una diosa, en esos momentos veía a la vengativa víbora que era en realidad—. ¿Cuándo ibas a contármelo? ¿O acaso pensabas guardarlo como tu pequeño y sucio secreto?

—¿Luca? —ella palideció.

—¡No te atrevas a negarlo! —la patética manera de gemir su nombre le sonó a confesión.

—Luca —imploró Tina tapándose la boca con una

mano mientras las lágrimas empezaban a rodar por sus mejillas.

Él permaneció impasible. Ya se había imaginado que habría lágrimas.

–¿Cuánto tiempo pensabas guardarme el secreto?

–¿Quién te lo ha dicho? –preguntó ella–. ¿Ha sido Lily?

Era una confesión en toda regla y Luca se sintió asqueado. Asqueado también porque el desmentido que había esperado oír no se había materializado.

Asqueado de que ella pudiera haberle hecho algo así.

–¿Acaso importa? –Luca se dio media vuelta, incapaz de soportar más la presencia de Tina. Pero no fue suficiente y se giró de nuevo–. ¿Por qué no me lo contaste?

Ella parecía perdida. Parecía estarse preguntando qué había salido mal.

Parecía endemoniadamente culpable.

–¡Iba a hacerlo!

–¡Y un cuerno!

–¡Es verdad! –Tina se levantó de una salto y agarró a Luca del brazo–. Luca, tienes que creèrme, iba a contártelo. Esta mañana lo decidí: tenías que saberlo.

–¡Esta mañana! Qué oportuno. Es una lástima que otra persona se te adelantara –Luca apartó la mano de Tina–. No quiero que me toques. No después de lo que has hecho.

–Pero estoy segura de que no habrías querido saberlo –ella parpadeó perpleja–. Después de cómo nos separamos, no te hubiera gustado saber que estaba embarazada.

–Lo que sí me hubiera gustado saber es qué fue de nuestro bebé –él la miró con todo el odio del mundo reflejado en el rostro–. ¿No crees que al menos tenía derecho a saberlo?

Valentina lo miró fijamente, aturdida por las crueles palabras. Ella se estaba defendiendo de la acusación de no haberle mencionado la existencia de su hijo. Pero, de repente, la discusión había cambiado de cariz. Luca la estaba acusando de... ¿de qué?

–¿Qué intentas decirme? ¿De qué me estás acusando exactamente?

–¡No finjas no saberlo! Sabes de sobra lo que hiciste. ¡Asesinaste a mi hijo!

El tiempo se detuvo mientras la magnitud, la injusticia, de sus alegaciones la devoraban como las olas del mar.

–No –murmuró–. No fue así como sucedió.

–¡Lo has admitido!

–¡No! nuestro bebé murió.

–¡Por tu culpa!

–¡No! Yo no hice nada. Sé que no te hablé de él, pero yo no hice...

–No te creo, Valentina. Ojalá pudiera, pero maldita seas por fingir que ibas a contármelo hoy. Jamás lo intentaste. No ibas a contármelo nunca.

–Luca, escúchame, estás equivocado.

–¿En serio? Me maldigo por aceptar de nuevo a una mujer como tú en mi cama, sabiendo ahora lo que hiciste la primera vez. Sabiendo que serías capaz de volver a hacerlo.

–¡Perdí al bebé! Nuestro bebé murió. Yo no tuve nada que ver. ¿Por qué no me crees?

–¿Lo perdiste? ¿Así lo llamáis en tu tierra?

–Luca, no seas así, por favor. ¡Jamás sería capaz de hacer algo así!

–¿Entonces, por qué lo hiciste? –los oscuros ojos la juzgaron con frialdad. Juez y verdugo.

Y ella comprendió que solo le quedaba una carta por jugarse.

—Te amo —confesó con la esperanza de que algún rincón de su corazón la escuchara.

No sabía cómo iba a responder. Incrédulo. Horrorizado. Indiferente. Se preparó para lo peor.

Pero lo peor ni siquiera se acercó a lo que se había imaginado. Luca soltó una carcajada que atronó en todo el *palazzo*. Una risa enloquecida. Una risa que la asustó.

—Perfecto —contestó él al fin—. Sencillamente perfecto.

—¿Luca? No comprendo. ¿Qué te divierte tanto?

—Se suponía que debías enamorarte de mí. ¿No lo entiendes? Formaba parte del plan.

—¿Plan? —la cabeza de Valentina daba vueltas—. ¿Qué plan?

—¿Aún no lo has comprendido? ¿Para qué te crees que te pedí que vinieras?

—Para pagar la deuda de mi madre. Tumbada de espaldas sobre tu cama —las palabras surgieron tensas y retorcidas, pero así se sentía ella, como una fregona tras ser escurrida.

—Pero ella no era la única que tenía una deuda —él soltó un bufido—. También era tu deuda. Porque nadie me abandona jamás. No como lo hiciste tú. Jamás.

—¿Todo esto es porque te abofeteé y me marché? —Tina no podía creérselo—. ¿Te has tomado todas estas molestias para vengarte?

—Créeme no fue ninguna molestia dada la compulsión malgastadora de Lily.

—Entonces —intentó comprender ella con los puños cerrados. Tenía un nudo en la garganta, pero se negaba a llorar, no antes de saber toda la horrible verdad—. ¿Por qué querías que me enamorara de ti? ¿Por qué formaba parte de ese plan del que hablas?

–Esa era la mejor parte –contestó Luca–. Porque el que estuvieras enamorada de mí haría que abandonarte fuera aún más satisfactorio.

–Pero, ¿por qué, si de todos modos me iba a marchar?

–¿Y acaso crees que iba a esperar a tu vuelo para cortar los lazos contigo? Ni hablar. Y ahora, después de averiguar la clase de persona que eres realmente, me alegra verte marchar –Luca respiró hondo–. Qué estúpido he sido. Pensar que te dejé volver a mi vida después de lo que has hecho. ¿Qué tenías pensado esta vez? ¿Volverlo a hacer? ¿Regresar a tu casa con otro bebé en la barriga? ¿Otro bebé sobre el que ejercer tu venganza?

Valentina parpadeó perpleja ante el muro de odio que la golpeaba, ante las palabras que parecían latigazos que escocían y despellejaban su mente.

Y no había nada que pudiera hacer o decir, nada salvo sentir el peso del fútil amor que sentía por ese hombre y que la hundía en las profundidades de los canales de Venecia.

–Me marcho, Luca. Es evidente que quieres verme desaparecer y yo no quiero quedarme. De manera que recogeré mis cosas y me marcharé ahora mismo. Puedes considerarme oficialmente abandonada.

Valentina caminó hacia la puerta con la cabeza alta, no así el corazón. Antes de salir, se volvió sobre sí misma.

–Hay una cosa más que debería haberte contado sobre nuestro bebé. Puedes añadirlo a mi lista de crímenes si lo deseas, ya no me importa. Lo llamé Leo.

Luca deambulaba por el *palazzo* como un león enjaulado. Se sentía como un león enjaulado. Atravesó el dormitorio, la ventana ante la que habían hecho el amor, salió de su casa y caminó por las calles de Venecia. Pasó ante los andamios que tapaban el *palazzo* de Eduardo donde los ingenieros y los constructores ya se afanaban en consolidar los cimientos. Siguió caminando, pero aun así no consiguió sacársela de la cabeza.

Se había marchado.

Eso era lo que quería, ¿no? y seguía queriendo verla lejos después de lo que había hecho.

Se había librado de ella. Se había vengado.

¿Entonces por que no era feliz?

¿Por qué se sentía tan miserable?

¡Maldita fuera esa mujer! Casi había deseado que se quedara. Había estado a punto de creer que significaba algo para él. Antes de su traición. Casi había pensado en ellos a largo plazo, antes de saber la verdad de lo que era. No quería pensar en lo que era.

Regresó al *palazzo*, a su despacho y encontró un informe que alguien había dejado sobre el escritorio en su ausencia. Un informe que había pedido. Un informe que llevaba una etiqueta con un nombre que no le resultaba conocido.

Leo Henderson Barbarigo.

¿Por qué le provocaba ese nombre un escalofrío en la columna? Abrió la carpeta y leyó el informe. Y entonces comprendió por qué se había sentido tan mal todo ese tiempo.

Porque era cierto que aquella loca noche Valentina y él habían concebido un bebé.

Un hijo.

Porque era cierto que el bebé había muerto al nacer.

Su hijo.

Pero no había muerto porque Valentina hubiera decidido interrumpir el embarazo, tal y como él le había acusado de hacer.

Valentina había dicho la verdad.

Por Dios, ¿qué había hecho?

De repente toda la injusticia del mundo se enredó con la culpa y la esperanza a su alrededor.

Y rezó para que no fuera demasiado tarde para arreglarlo.

Capítulo 15

LUCA contaba con que el jet privado le daría la oportunidad de alcanzar al vuelo comercial. Un jet privado, un coche rápido y un GPS programado para un sitio llamado Junee, Nueva Gales del Sur. Con suerte llegaría justo detrás de ella.

Cruzó el portalón marcado *Magpie Springs*, y condujo el coche sobre el paso canadiense. Estaba convencido de haberlo conseguido. Pronto la vería.

Siguió por un camino lleno de baches y salpicado de ovejas. Se estaba preguntando dónde demonios estaría la casa y si no se habría equivocado al tomar algún desvío cuando al girar una curva vio el edificio bajo unos viejos árboles y detuvo el BMW en medio de una nube de polvo que quedó flotando en el aire.

La puerta de mosquitera de la casa se abrió y un hombre salió. Era alto y delgado, y tenía la piel curtida por el sol. Sus ojos escudriñaron cuidadosamente a Luca sin perder detalle.

—¿*Signore*... Henderson? —era, sin duda, su padre.

—¿Eres ese Luca del que ha estado hablando mi hija?

—Lo soy —Luca sintió una inusual sensación de inseguridad mientras le ofrecía su mano.

El otro hombre lo miró solemnemente durante más tiempo del que a Luca le hubiera gustado antes de estrecharle la mano tendida.

–Busco a Valentina.

El hombre mayor lo miró a los ojos dándole a Luca la oportunidad de contemplar sus facciones y encontrar las semejanzas con su hija. Un detalle convertía su parentesco en evidente: los ojos color ámbar, casi caramelo, aún más oscuros que los de Valentina.

–Aunque quisiera dejarte verla –contestó con calma–, no está aquí. Se ha ido.

–¿Adónde se ha ido? –Luca sintió el pánico oprimirle los pulmones.

–A Sídney –le informó su padre tras meditar un rato la respuesta, torturándolo con su lentitud–. Hará un par de horas. Pero no quiso decirme por qué ni adónde.

Luca sabía muy bien adónde, y tenía bastante idea de por qué.

–Tengo que encontrarla –se despidió mientras se volvía hacia el coche. Si le llevaba dos horas de ventaja aún corría peligro de no alcanzarla.

–Antes de que te vayas... –oyó a sus espaldas.

–¿Sí?

–Tina estaba fatal cuando llegó a casa. La única razón por la que le permití subirse a ese autobús fue porque ella insistió –Mitch hizo una pausa–. No la devuelvas a casa peor de lo que está, ¿de acuerdo?

–No puedo garantizar nada –Luca asintió comprensivo. En la voz de Mitch había percibido cierto tono de amenaza–, pero haré lo que pueda.

Ese hombre había estado dispuesto a arriesgar su propiedad para avalar a Lily, y Luca sintió que le debía una explicación.

–Amo a su hija, *signore* Henderson –le explicó, sorprendiéndose a sí mismo–. Quiero casarme con ella.

–¿De verdad? –preguntó el hombre mayor rascándose la barbilla–. Pues esperemos que, si la encuentras, ella quiera lo mismo.

El cementerio ocupaba lo alto de una colina que descendía hacia el mar. Las olas embravecidas se estrellaban contra las rocas, lanzando espuma blanca al aire que, transportada por el viento, le empapaba la ropa y los cabellos.

Siempre le había gustado ese lugar, desde el día en que su padre la había llevado allí durante las vacaciones que habían disfrutado en el mar.

Habían encontrado el cementerio por casualidad mientras paseaban sin rumbo y habían leído la historia de aquella región en las inscripciones de las tumbas. Aquello le había fascinado, aunque en esos momentos no era más que un cementerio con vistas que le recordaba otro momento, otro cementerio, uno con unas increíbles vistas sobre Venecia.

Caminó entre viejas tumbas, cuyas lápidas estaban torcidas y cubiertas de líquenes, hasta la sección más nueva donde las piedras eran más brillantes y las flores más frescas.

Allí la encontró y, como siempre, sintió la misma sacudida de incredulidad que sentía cada vez que veía la sencilla piedra bajo la cual descansaba su diminuto bebé.

–Hola, Leo –se arrodilló y habló con dulzura–. Soy mamá –su voz se quebró y tuvo que respirar hondo antes de poder continuar–. Te he traído un regalo –con mucho cuidado desenvolvió el paquete–. Es un caballo –explicó mientras levantaba la figurita de cristal hacia el sol–. Lo he traído de Venecia. Vi a un hombre hacerlo con un puñado de arena.

Dejó la figurita junto a la piedra.

–Tenías que haberlo visto, Leo, fue como magia. Giró el palo y le dio forma al cristal. Te habría encantado. Y pensé que deberías tener un caballito como este.

Luca la observaba de lejos, deseando gritar su nombre, aliviado por haberla encontrado al fin. Pero entonces la vio arrodillarse y supo por qué.

Era la tumba de su hijo.

Algo se abrió en su interior, un vacío tan inmenso que no creyó poder llenarlo jamás.

Desde su posición de ventaja vio moverse los labios de Valentina, vio un objeto en sus manos y, sin darse cuenta, avanzó hacia ella haciendo crujir la grava bajo sus pies.

Tina oyó acercarse a alguien. Durante unos segundo lo ignoró antes de volverse, mirándolo sorprendida, palideciendo al comprender quién era.

–Hola, Valentina –saludó Luca con emoción–. Vengo a conocer a mi hijo.

Ya fuera por la impresión de verlo allí, o porque no había nada que decir, ella no contestó. Luca contempló la lapida y leyó la sencilla inscripción.

Leo Henderson Barbarigo, rezaba la inscripción junto a una fecha bajo la cual se leía: *Un ángel más en el cielo*.

Y aunque ya lo sabía. Aunque conocer ese dato le había facilitado la localización de la tumba, sintió que se le clavaba como un puñal.

–Le pusiste mi apellido.

–También es hijo tuyo.

Luca cayó de rodillas y sintió las lágrimas rodar por sus mejillas por lo que había perdido.

Ella le dejó llorar sin decir nada, pero con su propio rastro de llanto en las mejillas.

–¿Por qué no me lo contaste? –las palabras surgieron angustiadas, arrancadas de un lugar profundo, cargadas de acusación–. ¿Por qué no me lo contaste?

–Iba a hacerlo –ella no se alteró ante el reproche–, cuando naciera nuestro hijo. Iba a anunciarte que habías sido padre –sacudió la cabeza con tristeza–. Pero de repente ya no hubo necesidad –se encogió de hombros y él pudo ver su dolor en el torpe movimiento.

–En Venecia –empezó él–, dije cosas horribles. Te acusé de cosas horrorosas.

–Fue una conmoción para ti. No tenías ni idea.

–Por favor, Valentina, no te sientas obligada a disculparme. No te escuché. Intentaste decírmelo y yo no quise escucharte. Fue imperdonable por mi parte –sacudió la cabeza–. Pero ahora, sabiendo lo que nos fue robado antes de tiempo, ¿podrías contarme el resto? ¿Podrías contarme qué sucedió?

–No hay gran cosa que contar –Tina miró hacia el cielo, enjugándose las lágrimas con una mano–. Todo iba bien, según lo previsto. Los dolores empezaron a las veinte semanas. Pensé que había comido algo que me había sentado mal, que me había intoxicado con algo, pero los dolores empeoraron y empecé a sangrar. Me moría de miedo. Los médicos hicieron lo que pudieron, pero nuestro bebé estaba naciendo y no pudieron hacer nada para detenerlo –apretó los puños con fuerza y cerró los ojos–. No pudieron hacer nada.

–Valentina...

–Dolía mucho. Mucho más de lo que debería, también para los médicos y las comadronas. Porque todos sabían que no podrían hacer nada para salvarle la vida. Era demasiado prematuro. Demasiado pequeño, a pesar de que su corazoncito latía y él respiraba. Y entonces abrió los ojos y me miró.

Tina sonrió y miró a Luca a través de los ojos anegados en lágrimas.

—Era precioso, Luca, deberías haberlo visto. Su piel era casi translúcida y su manita diminuta se agarró a mi dedo meñique. Intentaba resistir.

La sonrisa se desvaneció.

—Pero no pudo resistir. Lo único que pude hacer fue acunar a nuestro bebé en mis brazos hasta que soltó un último y valiente suspiro y...

«Oh, Dios, mío. Nuestro bebé murió en sus brazos».

—¿Quién estaba contigo? —susurró él, consciente de que debería haber sido él—. ¿Tu padre? ¿Lily? ¿Alguna amiga?

—Nadie —susurró Tina.

Luca sentía la injusticia de la situación y pensó en el hombre de la granja que no sabía por qué su hija se había marchado repentinamente a Sídney nada más regresar de viaje.

—¿Tu padre no lo sabía?

—No pude decírselo. Estaba tan avergonzada que no pude contarle que yo, el producto del revolcón de una noche, había repetido el mismo error que mis padres. Y después... Bueno, después no soportaba pensar en ello, mucho menos hablar de ello —lo miró con expresión lastimera—. ¿Lo entiendes? ¿Puedes entenderlo?

—Deberías haberme avisado. Yo debería haber estado allí. No deberías haber estado sola.

—Claro —Tina soltó una amarga carcajada—. Seguro que te habría encantado recibir mi llamada diciéndote que estaba embarazada, tanto que habrías venido corriendo para estar a mi lado —sacudió la cabeza—. A mí me parece que no.

A Luca no le gustaron las palabras de Valentina, pero sabía que tenía razón.

–No –continuó ella–. Había pensado contártelo en cuanto naciera el bebé. Mis padres se casaron por mí y mira lo que sucedió. No quería verme forzada a algo que no deseaba y no quería que pensaras que te obligaba a ti a hacer algo que no querías.

–Eso fue lo que dijiste –Luca recordó la conversación en Venecia–. Por eso esperaste.

–Sí –ella asintió y alzó la barbilla–. Bueno, quizás también porque no tenía muchas ganas de volver a verte después de cómo nos habíamos separado. Pero sabía que tendría que contártelo en cuanto naciera el bebé –respiró hondo y contempló la pequeña tumba–. Pero cuando Leo murió, pensé que todo había terminado. Y ya no tenía sentido.

Sacudió la cabeza y lo miró con los ojos color ámbar teñidos de un profundo dolor.

–Pero no había terminado, y siento muchísimo que tuvieras que averiguarlo como lo hiciste. Lo siento. Por todo. Al parecer, todo lo que hago sale fatal.

–No –suspiró Luca, su voz casi ahogada por el rugido del mar–. Creo que eso es cosa mía.

Valentina pestañeó sin comprender, confusa, llena de dolor.

–Vamos –él le tomó la mano y tiró de ella para que se levantara–. Vamos a dar un paseo.

Tina se dejó guiar a través del cementerio hasta un mirador sobre la colina donde las olas se estrellaban contra las rocas.

Parpadeó contra el viento, preguntándose si no estaría soñando, si no se habría imaginado a Luca allí a su lado. Pero no, él estaba a su lado, muy serio y tenso.

Era bueno verlo de nuevo.

Era bueno que hubiera querido conocer a su hijo.

Se alegraba de que hubiera ido. Se alegraba de esa oportunidad para aclarar todo lo que rodeaba a la breve existencia de su bebé.

Permanecieron de pie, juntos, cada uno inmerso en sus propios pensamientos mientras Luca se preguntaba por dónde empezar. Había tanto que explicar. La húmeda brisa cargada de sal resultaba refrescante, salada, como sus lágrimas. Curioso que pensara en ello cuando no recordaba la última vez que había llorado.

Y con un crujido de la maquinaria interna de su corazón, recordó.

Había sido al recibir la noticia de la muerte de sus padres aquella noche de niebla cuando su taxi acuático había chocado con una embarcación con las luces averiadas.

Había sucedido hacía muchos años, pero el dolor seguía vivo.

Contempló las olas estrellarse contra la roca, como si libraran una batalla perdida.

Pero no era ninguna batalla perdida. Porque por todas partes había fragmentos desprendidos de esa roca por la acción de las incesantes olas.

Y en esos momentos, Luca se sintió como esa colina, aparentemente indestructible. Aparentemente inmune a la constante fuerza del tiempo y las mareas.

Y se volvió hacia una fuerza aún mayor, una fuerza capaz de sobreponerse a haber presenciado la muerte de su bebé, muerto en sus brazos, y enfrentarse al padre de ese bebé, acceder a sus demandas.

–Valentina –tomó sus frías manos entre las suyas–. Te he agraviado de muchas maneras.

–Me alegra que vinieras a ver a Leo –Tina sonrió.

–También vine a verte a ti –murmuró Luca–, para intentar hacerte comprender un poco por qué actué como lo hice, a pesar de que mi comportamiento fue inexcusable. Sé que no puedo siquiera soñar con tu perdón, pero quizás sí con un poco de tu comprensión –se encogió de hombros–. Cuando yo era niño, mis padres se mataron en un accidente en el canal. Ya viste las tumbas. Eduardo y Agnetha me acogieron y me dieron un hogar. Yo no tenía nada. Mi padre acababa de invertir toda su fortuna en un nuevo negocio y, con su muerte, se perdió prácticamente todo.

–Entiendo –asintió ella–. Lily me contó que habías vivido con Eduardo de niño. Supongo que cuando se casó con mi madre debiste sentir que perdías tu herencia por segunda vez. No me extraña que desearas recuperar el *palazzo* tan desesperadamente.

–¿Eso crees? –él rio–. En su momento era demasiado joven para preocuparme por la pérdida de mi fortuna, la muerte de mis padres era más importante. Pero sí me habría ido bien el dinero después. Lo que sí me preocupaba era Eduardo y su *palazzo*. Era uno de los hombres más importante de Venecia, pero no un hombre de negocios. Vivió de la reputación de su familia mientras la fortuna menguaba.

Luca respiró hondo antes de continuar.

–Era evidente que el *palazzo* necesitaba importantes obras, pero nunca había dinero suficiente. Y cuando Agnetha murió, Eduardo la echaba tanto de menos que todo lo demás pasó a un segundo plano. Le prometí que arreglaría el *palazzo* como pago por sus atenciones. Trabajé día y noche para poder devolverle su antigua gloria.

–Y entonces se casó con Lily.

–Más o menos –él sonrió–. Ella se negó a considerar mis planes para restaurar el *palazzo* y dio buena cuenta del poco dinero que le quedaba a Eduardo.

–Eso, desde luego, es muy propio de Lily –Valentina asintió.

Luca se moría de ganas por apartarle un mechón de cabellos del rostro. Pero era demasiado pronto. Ya bastaba con que le hubiera permitido tomarle las manos y que no protestara con las suaves caricias de sus pulgares.

–Cuando heredó la propiedad, intenté comprarla. Pero ella volvió a negarse. Aunque sí acudió a mí al verse necesitada de dinero. Fue el único modo que vi para sacarla de allí.

–Comprendo que no te hubiera resultado fácil hacerlo de otra manera –ella respiró hondo–. Gracias por compartirlo conmigo, Luca. Me ayuda a entenderlo un poco mejor.

–Pero no es excusa para el modo en que te traté.

–Supongo que seguías enfadado conmigo por haberte abofeteado antes de abandonarte.

–Un poco –admitió él hasta que vio la expresión en su rostro–. Bueno, puede que bastante. Pero tengo algo que confesarte al respecto –le apretó las manos y entrelazó los dedos con los suyos–. Aquella noche me sacaste de quicio, Valentina. Eras demasiado perfecta, y no deberías haberlo sido porque eras la hija de Lily y yo no quería sentirme atraído hacia ti. Sabía que no podría mantenerme alejado de ti a no ser que me odiaras.

–Y, sin embargo, me lo echaste en cara –ella sacudió la cabeza y frunció el ceño.

Luca sintió que no estaba enfadada. Simplemente buscaba comprender, encontrar el hilo que desataría todos los nudos. Seguía escuchándolo, esperando encontrar la clave.

–Porque me venía bien. ¿No lo ves? Al enfurecerte, al culparte de todo, conseguí la excusa que necesitaba para llevarte a Venecia y lo legitimé disfrazándolo de venganza. Estaba furioso con Lily por permitir que la casa se cayera a pedazos y, por otro lado, no había conseguido olvidarte, y eso me enfurecía aún más.

Luca suspiró.

–Siento lo que dije y lo que hice. La intención era que te marcharas de mi lado. Las palabras estaban destinadas a hacerte daño. ¿Por qué? Pues porque necesitaba pensar lo peor de ti, que habías matado a nuestro hijo –le apretó las manos y sintió su temblor al rememorar todo aquello–. Lo siento muchísimo. Porque mis horribles palabras cumplieron su cometido, como lo habían cumplido aquella noche loca, y te hicieron huir de Venecia –se encogió de hombros y miró colina arriba, hacia la tumba–. Supongo que es justo que pagara por ello desconociendo la existencia de mi hijo hasta ahora.

Una ola se estrelló contra la roca y lanzó una nube de espuma blanca hacia arriba.

–Jamás podré recompensarte por todo el daño que te hice –concluyó–. Y lo siento.

Durante unos segundos, Tina no contestó y él supuso que iba a soltarle la mano, darle las gracias por la explicación y marcharse de su vida una vez más. Para siempre.

Sin embargo, las manos no se movieron.

–¿Por qué sientes esa necesidad tan fuerte de alejarme de ti?

–Porque si no lo hiciera me vería obligado a admitir la verdad –Luca la miró a los ojos–. Admitir que te amo, Valentina. Y ya sé que no querrás oírlo de mí, no después de lo que ha pasado, después de todo a lo que te he sometido. Pero tenía que venir a verte. Tenía que saber si hay alguna posibilidad de que puedas perdonarme alguna vez.

–¿Me amas? –ella lo miró incrédula.

A Luca no le sorprendió que no le creyera. Era un verdadero milagro que no le hubiera abofeteado de nuevo solo por pronunciar esas palabras.

–Sí. Soy un idiota y un imbécil y el peor de los bastardos por lo que te dije y lo que te obligué a soportar, pero te amo, Valentina. Cuando te marchaste de Venecia te llevaste contigo mi corazón. Me estoy agarrando a un clavo ardiendo, porque eres demasiado buena para alguien como yo. Te mereces algo mejor. Mucho mejor.

–Tienes razón –contestó Tina con los ojos anegados en lágrimas mientras a Luca se le caía el alma a los pies–. Creo que me merezco algo mejor. Pero, maldito seas, Luca Barbarigo, porque es a ti a quien amo. Es contigo con quien quiero estar.

Luca se preguntó si un hombre podría morir de felicidad.

–Valentina –susurró, porque no se le ocurría nada más, nada mejor, que decir.

Tina vio el amor reflejado en los ojos de Luca y sintió la conexión entre ambos corazones.

Sus labios se fundieron y la sal de las lágrimas se mezcló con la sal del mar.

–Te amo –exclamó él–. Por Dios que me ha llevado demasiado tiempo darme cuenta de ello, pero te amo, Valentina. Sé que no tengo derecho a pedírtelo, pero, ¿me harías el honor de ser mi esposa?

–¡Oh, Luca, sí! –las palabras de Luca hallaron la respuesta feliz en su corazón.

–Cuando estemos casados, si tú quieres, podríamos intentarlo. Otro hijo.

–Pero, ¿y si...? –Tina se estremeció–. Tengo miedo, Luca –dirigió la mirada hacia la colina donde reposaban los restos de su pequeño–. Nadie supo por qué sucedió y no creo que pudiera soportarlo si volviera a ocurrir. No creo que pudiera superarlo.

–No –él la acunó en sus brazos–. No volverá a suceder.

–¿Cómo lo sabes?

–No lo sé. Ojalá pudiera prometértelo, pero no puedo. Lo que sí te prometo es que, si volviera a suceder, si la vida fuera tan cruel, no estarías sola. Yo estaría a tu lado, sujetándote la mano. Tu pérdida sería mi pérdida. Tus lágrimas mis lágrimas. Jamás permitiré que vuelvas a pasar tú sola por algo así.

La fuerza de sus palabras le dieron a Valentina la confianza para creer en él, y la emoción le dieron el valor de querer intentarlo.

–A lo mejor –ella lo miró a los ojos–. Cuando estemos casados...

Luca admiró el valor de esa mujer y la atrajo hacia sí para besarla de nuevo.

Y supo que, fuera lo que fuera que el destino atravesara en su camino, su amor perduraría para siempre.

Epílogo

SE CASARON en Venecia. La góndola nupcial estaba engalanada en negro y dorado y los cojines eran de seda y satén. Y, si bien el gondolero estaba espléndido, todas las miradas se dirigían hacia la novia, sentada al lado de su orgulloso padre.

Una novia de la que Luca no podía apartar la mirada. Su novia. Valentina

La novia descendió de la góndola vestida con un traje digno de la diosa que era. Un vestido que dejaba un hombro al aire y abrazaba su pecho antes de caer suavemente al suelo, femenino y clásico a un tiempo. En el cuello lucía el collar de cuentas de ámbar que Luca le había regalado.

La boda se celebró en la *Scuola Grande di San Giovanni Evangelista*, el teatro de la ópera en el que Tina había comprendido estar enamorada de Luca aquella noche. Su padre entregó a la novia a Luca con una sonrisa reticente, antes de sentarse en la primera fila y tomar la mano de otra de las invitadas, Deidre Turner. Tina sonrió, feliz por su padre, feliz por ella misma cuando el oficio que le convertiría en la esposa de Luca comenzó.

A la magnífica ceremonia le siguió la fiesta, celebrada en el remodelado *palazzo*, restaurado hasta recuperar su pasado esplendor.

–Qué boda más hermosa –exclamó Lily–. Estás preciosa, Valentina. Nunca había visto una novia tan radiante.

–Lo amo, Lily –Tina no había dejado de sonreír en todo el día–. Y soy muy feliz.

–Eso se te nota –Lily tomó las manos de su hija–. Estoy muy orgullosa de ti, Valentina. Te has convertido en una mujer magnífica y siento todas las penurias que te he causado, pero te prometo que seré una madre mejor. Sigo siendo la misma persona, pero intentaré cambiar, ser mejor.

–¡Oh, Lily! –Valentina pestañeó intentando contener las lágrimas.

–Y encima te hago llorar, *Sacre bleu*! Te contaré una cosa que te hará sonreír. Antonio se ha emocionado tanto que, nada más terminar la ceremonia, me pidió que me casara con él.

–¿Y? –Tina dio un respingo.

–¡Acepté, por supuesto! No puedo cambiarlo todo de mí así de golpe.

–Lily se va a casar con Antonio –le anunció a Luca mientras bailaban en el salón.

–¿Crees que Mitch querrá entregar a la novia? –Luca sonrió.

–No lo sé –reflexionó ella mientras observaba a su padre bailar con Deidre–. Puede que esté ocupado...

–¿No te importa perder a tu padre por otra mujer? –Luca soltó una carcajada.

–En absoluto. Me alegro por él. Además –ella miró a su esposo a los ojos–. Mira todo lo que tengo. Debo ser la mujer más afortunada del mundo.

–Te amo –susurró él–. Siempre te amaré.

–Yo también te amo –contestó ella con los ojos turbios–, con todo mi corazón.

Luca agachó la cabeza para besarla, pero Tina lo detuvo.

—¡Espera! Hay algo más que quiero contarte.

Poniéndose de puntillas para poder susurrarle al oído, le reveló el secreto que había estado deseando contarle desde el momento que lo había descubierto. Luca respondió tal y como ella había esperado, tomándola en sus brazos y dándole vueltas hasta marearla.

Ambos eran conscientes de que el día no podía haber sido más perfecto y, aun así, no fue nada comparable con lo que sucedió siete meses después.

Mitchell Eduardo Barbarigo llegó al mundo a su debido tiempo, rebosante de salud. Fiel a su palabra, Luca se mantuvo al lado de la madre, tomándole la mano, secándole el sudor de la frente, frotándole la espalda o, simplemente, estando junto a ella. Fiel a su palabra, Tina no estuvo sola.

E, igualmente fiel a su palabra, las lágrimas de Valentina fueron sus lágrimas. Pero fueron lágrimas de felicidad.

Lágrimas de amor por la nueva familia.

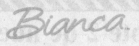

¿Seguiría con ella o volvería a poner tierra de por medio?

A Paige Danforth no le interesaban las relaciones ni los finales felices. Lo más cerca que estaría del altar sería como dama de honor. Pero al ver un precioso vestido de novia en unas rebajas no pudo resistirse y lo compró sin pensar. Tal vez fuera una señal para volver a salir con un hombre...

El eterno viajero Gabe Hamilton deseaba tener una aventura con su irresistible vecina, sin promesas ni compromisos de ningún tipo. Pero ¿cuál sería su reacción al descubrir un traje de novia en el armario de Paige?

Vestida de novia

Ally Blake

Acepte 2 de nuestras mejores novelas de amor GRATIS

¡Y reciba un regalo sorpresa!

Oferta especial de tiempo limitado

Rellene el cupón y envíelo a
Harlequin Reader Service®
3010 Walden Ave.
P.O. Box 1867
Buffalo, N.Y. 14240-1867

¡Sí! Por favor, envíenme 2 novelas de amor de Harlequin (1 Bianca® y 1 Deseo®) gratis, más el regalo sorpresa. Luego remítanme 4 novelas nuevas todos los meses, las cuales recibiré mucho antes de que aparezcan en librerías, y factúrenme al bajo precio de $3,24 cada una, más $0,25 por envío e impuesto de ventas, si corresponde*. Este es el precio total, y es un ahorro de casi el 20% sobre el precio de portada. !Una oferta excelente! Entiendo que el hecho de aceptar estos libros y el regalo no me obliga en forma alguna a la compra de libros adicionales. Y también que puedo devolver cualquier envío y cancelar en cualquier momento. Aún si decido no comprar ningún otro libro de Harlequin, los 2 libros gratis y el regalo sorpresa son míos para siempre.

416 LBN DU7N

Nombre y apellido	(Por favor, letra de molde)

Dirección	Apartamento No.

Ciudad	Estado	Zona postal

Esta oferta se limita a un pedido por hogar y no está disponible para los subscriptores actuales de Deseo® y Bianca®.
*Los términos y precios quedan sujetos a cambios sin aviso previo.
Impuestos de ventas aplican en N.Y.

SPN-03   ©2003 Harlequin Enterprises Limited

Enemigos en el amor
DAY LECLAIRE

El magnate de los negocios Jack Sinclair estaba decidido a conseguir lo que era suyo: una parte del imperio de los Kincaid. Como el heredero ilegítimo e ignorado que era, había esperado mucho tiempo para conseguir su recompensa. Y tenía a la sexy y brillante Nikki Thomas de su parte para ayudarlo, ¿verdad?

No exactamente. Nikki era una investigadora empresarial de los Kincaid, así que su lealtad estaba más que dividida y sus intenciones ocultas hacían que Jack quisiera alejarse de ella. Pero la pasión les concedió una segunda oportunidad… hasta que se reveló otra verdad que podría separarlos definitivamente.

Seducción al límite

¡YA EN TU PUNTO DE VENTA!

Bianca.

Apta como niñera… ¡pero no como esposa!

Amy Bannester era una ni-
ñera sin pelos en la lengua,
a la que parecía olvidársele
que la servidumbre y el silencio debían ir de la mano,
pero al jeque Emir se le
ocurrían alternativas mucho
más placenteras para sus
seductores labios…

A pesar de la arrebatadora
pasión que ambos sentían,
las leyes de aquel reino del
desierto llamado Alzan hacían imposible que Amy se
convirtiese en reina. Emir
había perdido a su primera
esposa poco después del
nacimiento de sus dos preciosas hijas gemelas, pero
necesitaba un heredero va-
rón para continuar con su li-
naje, y aquello era lo único
que Amy no podía darle…

El jeque atormentado

Carol Marinelli